www.bbulmedia.com

헬나이츠

Hell Knights

헬나이츠

1판 1쇄 찍음 2016년 5월 3일
1판 1쇄 펴냄 2016년 5월 10일

지은이 | 태 몽
펴낸이 | 정 필
펴낸곳 | 도서출판 뿔미디어

편집 | 문정흠 한관희

출판등록 | 2002년 9월 11일 (제1081-1-132호)
주소 | 경기도 부천시 원미구 소향로 17번길(두성프라자) 303호 (우) 14544
전화 | 032)651-6513 / 팩스 032)651-6094
E-mail | bbulmedia@hanmail.net
홈페이지 | www.bbulmedia.com

값 8,000원

ISBN 979-11-315-7111-8 04810
ISBN 978-89-6359-598-6 04810 (세트)

BBULMEDIA FANTASY STORY

헬나이츠

5

[완결]

성기사 아크

Hell Knights

태몽 판타지 장편 소설

뿔미디어

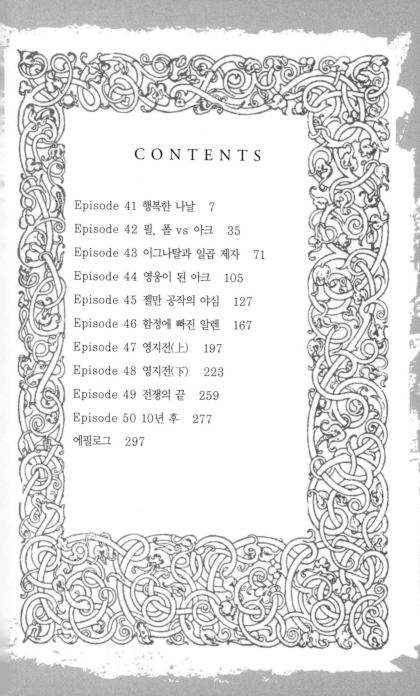

CONTENTS

Episode 41
행복한 나날

1

휘이이잉—!

바람이 불어왔다.

넓은 들녘에 누렇게 익은 밀이 바람에 살랑살랑 흔들거
렸다. 서쪽 하늘에 드리운 저녁노을이 오늘따라 붉게 타오
르고 있었다.

서쪽 하늘을 등진 언덕 너머로 한 명의 인물이 모습을 드
러냈다. 구멍이 숭숭 뚫린, 낡아 빠진 로브와 후드를 뒤집
어쓴 사내가 언덕 위에 올라서자 저녁노을을 받은 그림자가
길게 수평선 위로 늘어섰다.

그는 저 멀리 보이는 하나의 성을 넌지시 바라보았다. 뒤

집어쓴 후드 안에서 두 눈이 반짝이며 굵은 사내의 음성이 들려왔다.

"십 년…… 만인가……."

그는 낮게 독백을 읊조린 후 천천히 한 걸음을 내딛었다. 사내는 언덕 아래, 넓고 큰 대로를 따라 천천히 발걸음을 옮겼다.

그렇게 얼마 가지 않아 저 멀리 외성의 문이 보였다. 그곳으로 수많은 사람들이 드나들고 있었다. 문 양옆으로는 경비병과 기사 한 명이 서 있었다.

외성에 도착한 사내는 후드를 뒤집어쓴 상태로 천천히 인파들 틈으로 끼어들었다.

성문에 있는 기사는 한 명씩 성안으로 들어가는 사람들을 하나하나 살폈다. 번뜩이는 매의 눈으로 하나하나 살피던 그때, 낡은 후드를 뒤집어쓴 사내가 눈에 들어왔다.

"음?"

뭔가 이상함을 느낀 기사는 그를 찬찬히 훑어보았다. 비록 얼굴은 확인할 수 없었지만, 그의 직감이 뭔가를 알려주고 있었다.

무언가 수상한 사람이라고 말이다. 그는 무언가 건졌다는 기쁨에 입가로 슬며시 미소가 피어올랐다. 곧바로 그를 향해 외쳤다.

"어이! 거기!"

하지만 후드를 쓴 사내는 못 들은 척 인파들 틈에 섞여 안으로 들어가려 했다. 기사의 얼굴이 와락 일그러졌다. 그는 재빨리 뛰어가 후드 쓴 사내의 앞을 가로막았다.

"내 말 안 들리나? 멈춰!"

그제야 후드 쓴 사내가 멈췄다.

후드를 쓴 사내가 천천히 고개를 들었다. 후드 내부는 그늘이 져 있었다. 앞에 다가온 기사를 힐끔 보고는 다시 고개를 숙였다.

기사는 거지꼴로 서 있는 사내를 위아래로 훑으며 의심의 눈초리를 지우지 않았다.

기사가 본 사내의 모습은 그야말로 가관이었다.

오랫동안 씻지 않았는지 곁에 서 있으려니 땀 냄새가 진동했다. 그가 걸친 누더기 옷은 거의 넝마나 다름이 없는 수준이었다.

"으윽, 냄새."

급기야 기사는 잔뜩 인상을 구기며 손으로 코를 막았다. 하지만 기사는 알 수 있었다. 이런 사람일수록 오히려 더 수상하다고 말이다.

이곳에서 오랫동안 경계 근무를 서면 수상한 사람과 아닌 사람을 구별할 정도의 눈을 가지게 된다. 기사는 입꼬리를 슬며시 끌어 올리며 거지꼴을 한 사내를 향해 입을 열었다.

"너, 고개 들어 후드를 벗어라."

기사의 말에 사내는 잠시 멈칫하더니, 이내 천천히 고개를 들었다. 하지만 후드를 깊게 눌러쓰고 있어 얼굴을 확인할 수 없었다. 기사는 살짝 인상을 썼다.

"뭐야? 내 말이 말 같지 않아? 머리에 쓰고 있는 것을 벗으라고!"

기사가 윽박지르며 거칠게 나갔다. 원래 처음부터 의심이 가는 녀석에게는 강하게 나가야 했다. 그가 여태까지 이곳을 지키며 몸으로 직접 느낀 바였다.

'후후, 이제 반항을 하겠지? 그 순간 넌 끝이다.'

기사는 오랜 경험을 바탕으로 사내를 몰아붙였다. 기사의 손이 자연스럽게 허리에 찬 검으로 향했다. 그런데 막 검의 손잡이를 잡으려던 순간, 멈칫했다.

"응?"

일말의 반항도 없이 순순히 말을 듣는 것이 아닌가. 사내는 머리에 쓰고 있던 낡은 후드를 천천히 벗었다.

20대 후반, 청년의 얼굴이었다. 그의 눈빛은 무심한 듯 기사를 바라보고 있었다. 기사는 살짝 당황한 얼굴이 되었다.

'어, 어라? 이게 아닌데······.'

원래는 이렇게 되는 것이 아니었다. 지금 상황이 전혀 의도치 않은 방향으로 흘러가자 오히려 당황한 쪽은 기사였다.

"어…… 어, 어디서 왔는가."

기사는 애써 당황한 기색을 감추며 물었다. 그런데 앞에 있는 사내의 입은 열리지 않았다.

"이봐, 말을 못해? 어디서 왔냐니까?"

기사가 다그치며 물었지만, 여전히 대답이 없다. 대신 로브 속에 감춰져 있던 사내의 손이 천천히 움직였다. 기사의 시선이 아래로 향했다.

그러고는 흠칫 놀라 바로 경계 태세를 갖추며 검의 손잡이로 손이 향했다. 하지만 로브 속에서 나온 사내의 손 위에는 하나의 징표가 있을 뿐이었다. 기사는 그 징표를 물끄러미 바라보았다.

하얀빛을 머금은 돌이었다.

그런데 그 돌의 겉면에 천사의 날개가 새겨져 있는 것을 확인하고는 눈을 크게 떴다. 급기야 헛바람까지 삼키며 뒤로 넘어질 뻔했다.

"허헉! 이, 이것은……."

"쉿! 조용히 하시오."

사내의 입에서 처음으로 음성이 흘러나왔다. 기사는 다시 한 번 그 징표를 확인하고는 대뜸 고개를 숙였다.

"시, 신성기사님인 줄 모르고 결례를 범했습니다."

"아닙니다. 저의 행색이 이러니 충분히 그럴 수 있습니다. 다만, 제가 피치 못할 사정이 있어 본모습을 드러내지는 못합니다. 그 점 양해 부탁드립니다."

"아, 아닙니다. 이렇듯 신분만 확실하다면야……."

사내는 냉큼 징표를 품속에 넣었다.

"그럼 들어가 봐도 되겠습니까?"

"아, 그럼요. 당연합니다."

기사는 처음과 달리 연신 굽실거리며 한쪽으로 비켜섰다. 사내는 고개를 살짝 숙이며 말했다.

"그럼, 수고하십시오."

그렇게 사내는 다시 후드를 쓰고 인파들 사이로 사라졌다. 그 모습을 넌지시 바라보던 기사는 가슴을 쓸어내렸다.

"휴우, 내가 신성기사를 만날 줄이야. 그런데 우리 도시에는 어쩐 일이지?"

기사가 고개를 갸웃하며 고민을 했지만, 딱히 떠오르는 것은 없었다.

"뭔 일이 있겠지. 내가 신경 쓸 일도 아니고 말이야. 그보다 한 건 하는 줄 알았더니……."

기사는 뭔가 아쉬움이 가득 담긴 말을 내뱉으며 경비병이 있는 곳으로 돌아갔다.

잠깐의 시간이 흐르고 기사가 고개를 갸웃했다. 그리고 조금 전 신성기사가 걸어갔던 방향을 바라보았다.

"가만, 저 신성기사…… 내가 아는 사람인가?"

잠시 고민을 하던 기사는 이내 고개를 가로저었다.

"에이, 내가 감히 신성기사를 어디서 봤겠어. 미친 생각이지."

기사는 자신의 머리를 한 대 쥐어박고는 다시 본연의 일을 시작했다.

2

한가한 오후.

뒷마당의 넓은 잔디밭에 제이크와 아이린이 나와 있었다. 제이크 옆에는 집사 네빌이 자리했고, 그의 손에는 두툼한 서류 뭉치가 들려져 있었다.

그 맞은편으로 아이린이 편안한 얼굴로 잔디밭에 앉아 따사로운 햇볕을 온몸으로 직접 받으며 눈을 감고 있었다. 그 모습을 흐뭇하게 바라보던 제이크는 자신 앞에 놓인 또 다른 서류를 보며 살짝 인상을 찡그렸다.

"오랜만에 갖는 휴식인데, 꼭 여기까지 나와서 이래야 해? 좀 쉬자, 쉬자고."

"송구스럽습니다. 하지만 오늘 중으로 급히 처리해야 하기에……."

집사 네빌은 땀을 삐질 흘리며 말을 했다. 하지만 그도 알고 있었다. 지난 몇 달간 정말 쉬는 날 없이 바삐 일했다는 사실을 말이다.

그러나 어쩌겠는가, 두 영지의 빠른 안정을 위해서 오늘 중으로 급히 처리해야 할 일이 생겨 버린 것을 말이다.

도로 공사와 수로 공사, 그리고 영지전으로 인해 공백이 생겨난 기사단 확충까지…… 중요한 안건들이 산더미처럼 쌓여 있었다.

이 모든 일이 백작이 된 제이크의 승인이 떨어져야 진행 가능한 일이었다. 그렇기 때문에 모처럼의 휴식을 방해할 수밖에 없었다. 네빌은 하나의 서류를 제이크 앞에 내밀며 조용히 말했다.

"이것은 이번 도로 확장 공사건에 관한 일입니다. 아시다시피 후작령과 저희 백작령을 연결하는 도로 확장 건으로……."

네빌은 서류를 내밀며 추가적인 보충 설명을 차근차근 이어갔다. 하지만 제이크는 듣는 둥 마는 둥 서류에 쉽사리 집중하지 못하고 있었다.

왜냐하면 그의 시선이 자꾸만 옆에 앉아 있는 아이린에게 향하고 있기 때문이었다. 그녀를 바라보는 제이크의 눈빛에는 사랑스러움이 가득 담겨 있었다.

'후후후, 귀여워. 어쩜 저리도 귀여울까? 게다가 저 볼록하게 솟아오른 깜찍한 배하며…… 으히히힛!'

제이크는 봉긋하게 부풀어 오른 아이린의 배를 주시하며

행복감에 빠져 있었다. 그런 제이크의 시선을 전혀 모른 채 아이린은 독서에 빠져 있었다.

그리고 이따금씩 따뜻한 홍차로 입가심을 하였다. 그러는 사이, 옆에서는 네빌이 정성스럽게 설명을 하고 있었다.

"……그래서 이런 식으로 준비를 하…… 백작님!"

"……."

제이크는 네빌 집사가 부르는 소리를 듣지 못했는지 흐뭇한 미소를 머금은 채 시선은 아이린에게 고정되어 있었다. 그러자 네빌 집사가 다시 한 번 목소리에 힘을 주어 불렀다.

"백. 작. 님!"

"으응?"

그제야 네빌 집사에게 시선이 옮겨갔다. 네빌 집사는 눈을 부라리며 제이크를 쳐다보았다. 그런 네빌 집사의 눈을 보고 제이크가 움찔하였다.

"으구, 꼭 날 잡아먹겠다는 눈이군."

"제가 지금 그런……."

"알았어, 알았다고. 지금 보고 있잖아."

제이크는 네빌 집사의 말을 자르며 투덜거렸다. 그 모습을 바라보던 아이린이 피식 웃으며 한마디를 하였다.

"집중해요. 그걸 빨리 끝내야 저랑 놀죠. 네빌 집사도 빨리 일 끝내고 쉬어야 하잖아요."

"알았어. 그래, 네빌. 다음 거."

"후후, 네."

네빌 집사는 다음 안건을 곧바로 내밀며 설명을 하였다. 제이크도 이번에는 한눈팔지 않고 업무에 집중하였다. 그 모습을 옆에서 지켜보는 아이린은 흐뭇하기 그지없었다. 그렇게 약 한 시간가량의 업무 보고가 끝이 났다.

"나머지는 네빌, 자네가 알아서 처리해."

"네, 백작님."

"아, 그리고 사인할 것 있으면 내일로 미루고."

"후후, 이제 없습니다. 나머지는 제 선에서 처리할 수 있습니다."

"그래? 그럼 고맙고."

"네. 그럼 전 이만 가보겠습니다."

네빌 집사는 나머지 일을 처리하기 위해 그곳을 떠났다. 제이크와 아이린은 멀어지는 네빌 집사를 보며 미소를 지었다. 그러면서 제이크가 혼잣말을 중얼거렸다.

"쩝, 네빌이 없었으면 어쩔 뻔했을까."

"그러니까요. 좀 잘해줘요."

"잘해주지. 내가 못해주는 건 또 뭐 있어?"

제이크가 곧바로 심드렁하게 말했다. 그러자 아이린이 피식, 웃었다.

"누가 뭐래요? 그냥 잘해주라는 거지."

"잘해줘. 나처럼 잘해주는 사람 있음 나와보라고 해."

"네네, 알았네요."

"그런데 네빌 집사가 똑똑하긴 해. 나처럼 무식하게 힘으로 해결하려고 하지도 않고 말이야."

"그럼요, 얼마나 똑똑한데요. 그리고 당신도 무식하지 않아요. 똑똑한 거 다 알아요."

"그래? 후후후, 아이린이 그리 봐주면 나야 고맙지."

"진짠데?"

아이린은 웃으며 들고 있던 책을 옆의 탁자에 내려놓기 위해 움직였다. 그 모습에 움찔하던 제이크가 곧바로 책을 받아 탁자 위에 놓았다.

"고마워요."

아이린은 그런 제이크의 행동에 고마움을 표시했다.

"이걸 가지고 뭘. 그보다 요 녀석, 잘 크고 있나?"

제이크는 볼록하게 솟아오른 아이린의 배를 아주 조심스럽게 어루만지며 뺨을 가져다 댔다. 그러기를 잠시. 이내 제이크의 눈이 커지며 화들짝 놀란 표정이 되었다.

"뭐, 뭐야?"

그 모습에 아이린이 크게 웃음을 흘렸다.

"호호호, 뭐긴 뭐예요, 발길질하는 거죠."

"아니, 요 녀석이 벌써부터 애비한테 발길질을 하고 말이야, 아주 크게 될 녀석이야."

"호호호, 그러게요. 아주 크게 될 녀석이에요."

아이린이 웃으며 자신의 배를 어루만졌다. 그때, 시녀가 급히 달려오며 말했다.

"마님, 산파께서 오셨습니다."

"그래? 어서 뫼시고 와."

"네, 마님."

시녀가 인사를 하고 다시 왔던 길을 되돌아갔다. 그녀가 멀어지자 제이크가 고개를 갸웃하며 입을 열었다.

"벌써 검사 받을 때인가?"

"그럼요. 이제 얼마 안 남았잖아요."

아이린이 배를 어루만지며 말했다.

"그러고 보니 예정일이 언제지?"

"왜요? 그렇게 빨리 보고 싶으세요?"

"그럼, 아이린은 안 보고 싶어?"

"당연히 보고 싶죠."

두 사람이 대화를 하는 사이, 산파가 도착을 하였다. 산파는 인자한 미소를 머금고 인사를 한 후, 아이린 곁으로 다가갔다. 그사이 제이크가 자리에서 일어나 옆으로 비켜주었다. 그리고 산파가 아이린을 진찰하는 모습을 유심히 지켜보았다.

산파는 아이린의 배에 손을 가져다 대고는 눈을 감았다. 천천히 아이린의 배 이곳저곳을 어루만지며 확인을 하고 있었다.

아이린은 그런 산파의 모습을 지켜보며 살짝 긴장한 눈빛이 되었다. 차 한 잔 정도 마실 시간이 흐른 후, 산파가 눈을 뜨며 손을 뗐다. 아이린이 급히 물었다.

"어때요?"

산파가 피식 웃으며 말했다.

"잘 크고 있네요. 걱정하실 필요는 없습니다."

"그래요? 다행이네요."

산파의 말을 들은 아이린은 작게 한숨을 내쉬며 안심하는 눈치였다. 그녀는 자신의 배를 어루만지며 나직이 물었다.

"아들일까요, 딸일까요?"

그녀의 말을 들은 제이크가 바로 말했다.

"당연히 아이린 닮은 예쁜 딸이어야지."

"후후, 전 당신 닮은 건강한 남자아이였으면 좋겠는데."

"아니야. 안 돼, 날 닮으면……."

제이크는 정색을 하며 말했다.

그 모습에 아이린이 고개를 갸웃하였다.

"아니, 왜요?"

그녀의 물음에 제이크는 바로 답을 하지 못했다. 그러면서 속으로 생각을 하였다.

'날 닮으면 지옥의 수라도에서 살아야 하잖아. 암, 그러

면 안 되지. 그걸 겪은 것은 나 하나로 족해.'

그렇게 속으로 생각을 하며 아이린에게 어색한 웃음을 지어주었다.

"후후, 그래도 난 예쁜 딸이었으면 좋겠어."

"칫, 그래도……."

"그럴 것이 아니라, 물어보면 되겠네."

제이크의 말에 아이린의 눈이 크게 떠지며 옆에 있는 산파에게로 향했다.

"산파, 당신은 알지? 아들이야, 딸이야?"

제이크의 대놓고 묻는 질문에 산파가 피식, 웃으며 답했다.

"홋, 글쎄요. 아들일 수도 있고, 딸일 수도 있습니다."

"이봐, 그게 무슨 말이야? 딸이면 딸이고, 아들이면 아들이지, 일 수는 또 뭐야?"

제이크가 인상을 팍 쓰며 소리를 질렀다. 그러자 아이린이 나서며 말렸다.

"당신은 가만히 있어봐요."

아이린의 말에 제이크가 입을 다물었다. 그런 후 곧바로 산파에게 조용히 물었다.

"그렇게 애매모호한 답 말고요, 확실하게 말해줘요."

"후후, 마님, 제가 드린 말은 모두 사실입니다. 아들도 되고, 딸도 되고요. 여기까지 말씀드리겠습니다. 그럼 전 이만……."

산파는 의미심장한 웃음만 지은 채 자리에서 일어났다. 그 모습을 보고 제이크의 눈이 크게 떠졌다.

"어이, 이봐! 그게 무슨 말이야! 말은 똑바로 해주고 가야지!"

제이크가 일어나서 멀어지는 산파에게 소리를 질렀지만, 그녀는 들은 척도 하지 않았다. 그저 유유히 걸음을 옮겨 건물 안으로 사라졌다.

"뭐야? 저 산파…… 뭐냐고."

제이크가 못마땅한 얼굴로 불만을 토로했다. 그런 제이크를 아이린이 말렸다.

"그냥 두세요. 말 못할 이유가 있겠죠. 그것보다 난감한 일이 있어요."

그 말에 제이크의 고개가 휙 돌아갔다.

"난감한 일? 뭐야? 뭔데?"

예전의 제이크는 이렇게 호들갑스럽지 않았다. 그런데 결혼을 하고, 아내가 생기고, 거기다가 아기까지 생기자 이렇듯 바뀌었다. 아이린의 입장에서는 그리 나쁜 것만은 아니지만, 순간순간 당황스러울 때가 있었다.

지금이 딱 그럴 때였다.

"그게요, 자꾸 신전에서 사람을 보내네요. 신전으로 와서 진찰을 한 번 받고, 축복을 받으라면서……."

제이크는 신전이라는 말에 얼굴이 팍, 일그러졌다. 그런 제이크의 얼굴을 아이린이 슬슬 살피며 말했다.

"계속 거절은 하고 있지만…… 또다시 찾아온다면 거절하기가 난감할 거예요."

"거절해!"

제이크는 단호했다.

"그래도 아이에게 축복을 내려준다고 하잖아요. 그럼 아이에게도 좋고……."

"안 돼! 거절해."

"그래도……."

"안 된다면 안 돼! 아이린, 다른 부탁은 다 들어줄 수 있지만, 이것만은 들어줄 수 없어. 그냥 그런 자잘한 것에 신경 쓰지 말고 태교에 힘을 써. 무엇보다 나는 우리 영지가 그런 종교에 휩쓸리는 걸 원치 않아."

아이린은 제이크의 단호한 말에 순간 당황했지만, 마지막 말에는 존경심이 들었다.

"네, 알겠어요. 그렇게 할게요."

"고마워."

두 사람은 서로를 무척이나 신뢰하는 눈빛으로 한동안 바라보았다. 그러다가 제이크가 화제를 바꾸며 아이린의 배에 다시 자신의 뺨을 가져다 댔다.

"그래, 욘석아. 다시 애비의 뺨에 발길질을 해봐라."

"호호호, 지금은 자나 봐요. 가만히 있네요."

"그래? 그럼 자게 둬야지."

제이크는 약간 아쉽다는 표정으로 얼굴을 들었다. 그런 제이크의 표정을 보고 아이린이 살짝 미소를 지었다.

"아쉽다는 표정이네요?"

"뭐, 그렇지."

"태어나면 실컷 놀아주면 되잖아요. 뭐가 그리 급해요."

"그러면 되지. 실컷 놀아주면 되겠지."

제이크는 그 말을 하며 살짝 표정이 어두워졌다. 그는 고개를 살짝 돌려 뭔가 생각에 잠겼다. 그런 제이크를 보며 아이린 또한 걱정스런 얼굴이 되었다.

"왜요? 무슨 일 있어요?"

"으응? 아, 아니야. 그냥 잠깐 뭐 좀 생각하느라. 아까 어디까지 얘기했지?"

"무슨 얘기요? 아무 얘기도 안 했어요. 그냥 아기 태어나면 같이 놀아준다는 얘기했는데…….."

"아, 맞다. 그랬지. 그럼 뭐하고 놀까?"

"그냥 같이 놀아주면 되지, 뭐가 필요하겠어요."

"그렇지? 하하하!"

제이크가 머리를 긁적이며 어색한 웃음을 터뜨렸다. 그런 제이크의 모습을 보고 아이린 또한 웃음을 지었다.

그런 두 사람의 행복한 모습을 지켜보는 눈이 있었다. 저택 꼭대기에 매달려 있는 두 사람, 필과 폴이었다.

"야, 필."

"왜?"

"아무래도 얼마 안 남았지?"

"그렇지."

"그런데 어쩌냐, 저리도 행복해하시는데……."

"그러게나 말이야."

"후우―!"

"후우―!"

필과 폴, 두 사람이 동시에 길게 한숨을 내쉬었다. 그들의 표정도 어둡기는 마찬가지였다.

3

같은 시각.

신전의 문이 벌컥, 열리며 대신관이 들어왔다. 그는 매우 불만스런 표정으로 걸어와 책상에 털썩 앉았다. 신전을 수호하는 대신관답지 않게 잔뜩 찡그려진 얼굴은 좀처럼 펴지지 않았다.

"아니, 왜, 왜 거절을 하는 거야? 이유가 도대체 뭐야!"

백작가를 다녀온 대신관은 그 이유를 알 수가 없었다. 자신이 친히 나서서 아기에게 축복을 내려준다고 하였는데도 거절을 당했다.

그 이유란 게 아이는 그저 평범하게 키우겠다는 것이었다. 이미 태어난 순간부터 평범함을 버려야 하는 것이 바로 백작가의 후손이었다. 그런데 평범하게 키우겠다니, 말이 맞지 않았다.

하물며 자신은 대대로 백작령에 자리를 잡고 지내왔고, 백작가의 사람들과도 친하게 지냈는데, 유독 제이크 가문과는 가까워질 수가 없었다.

아무리 찾아가고 노력을 해봐도 되지 않았다. 그 흔한 식사 초대도 받지 못했다. 아니, 식사 초대를 해도 오지 않았다. 마치 이곳에서 왕따가 된 기분이 들었다.

"이건 명백히 날 무시하는 행동이야. 아니지, 우리 신전 전체를 무시하는 일이야. 아무리 백작이라고는 하지만, 우리 신전을 무시하는 것은 용서 못해!"

대신관은 여전히 화를 내며 소리쳤다.

"빌어먹을! 지가 무슨 마왕의 아들이라도 되는 거야, 뭐야?"

두 주먹을 불끈 쥐며 더욱 화를 냈다. 그때, 집무실 문을 두드리는 소리가 들려왔다. 대신관은 찡그린 얼굴을 곧바로 풀었다.

"들어오세요."

문이 열리고 앳되어 보이는 신관이 들어왔다. 그는 안으로 들어와 대신관을 향해 정중히 인사를 하며 입을 열었다.

"대신관님, 교황청에서 성기사님이 오셨습니다."

"뭐, 교황청에서 성기사가?"

대신관은 눈을 크게 뜨며 놀란 얼굴이 되었다. 그러기를 잠깐. 그는 곧바로 정신을 수습하며 말했다.

"어서, 어서 여기로 모시거라."

"네."

신관이 나가자 대신관은 곧바로 옷매무새를 단정하게 한 후 자리에 앉았다. 그러고는 오래전부터 업무를 보고 있었다는 듯 펜을 들고 서류를 확인하기 시작하였다.

얼마 지나지 않아 다시 문이 열리고 신관이 들어왔다. 곧이어 추레한 차림의 성기사가 들어왔다. 낡디낡은 로브를 걸친 그는 사무실에 들어오자 머리를 감싸고 있던 두건을 벗었다.

그러자 매우 준수한 미남형의 남자의 얼굴이 드러났다. 그를 알아본 대신관이 환한 표정을 지으며 자리에서 일어났다.

"어서 오십시오. 교황청에서 오신다는 소식은 들었습니다. 우선 앉으시지요."

대신관이 서둘러 성기사를 자리에 앉혔다. 성기사는 눈에 보이는 바로 앞의 의자에 앉았다.

철컹!

로브 속에 감춰진 육중한 갑옷의 소리가 들려왔다. 그 순간, 대신관의 눈에 로브 사이로 언뜻 보이는 빛나는 성기사 갑옷이 들어왔다. 겉은 추레한 로브를 걸치고 있지만, 안은 그야말로 멋진 갑옷을 입고 있던 것이다.

"하하하, 오시느라 고생이 많았습니다."

대신관도 맞은편에 앉으며 말을 계속 이어갔다.

"그다지 고생스럽지는 않았습니다."

"하하하, 그렇습니까?"

대신관은 어색한 웃음과 함께 옆에 서 있는 신관에게 눈짓을 보냈다. 신관은 눈짓을 받고는 이내 인사를 하며 말했다.

"그럼 전 차를 준비하도록 하겠습니다."

신관이 밖으로 나가고 둘만 남게 된 사무실은 약간의 어색한 기류가 흘렀다. 그런 것도 잠깐. 대신관이 먼저 입을 열었다.

"전보에 적힌 것으로는 성기사님께서 도착하기로 한 날짜가 일주일 전이라고 들었습니다만."

대신관의 말에 순간 움찔한 성기사는 헛기침을 한 번 한 후, 입을 열었다.

"허헛! 오, 오는 길에 잠시 다른 일이 생겨서……."

"아, 그렇습니까?"

성기사는 차마 자기가 길치라는 것을 알리고 싶지 않았다. 굳이 알릴 필요도 없고 말이다. 대신관은 그런 줄도 모르고 고개를 끄덕이며 수긍하였다.

"아, 그보다 성기사님 성함이······."

"아크라고 합니다."

"아, 아크 성기사님이시군요."

대신관은 고개를 끄덕이며 조용히 중얼거렸다. 그러다가 또다시 침묵이 이어졌다. 대신관은 힐끔힐끔 아크를 쳐다보며 속으로 생각했다.

'거참, 되게 과묵하네. 얼굴도 무표정이고 말이야. 속을 모르겠어, 속을.'

그렇게 생각하고 있는 사이, 문이 열리며 신관이 차를 가져왔다. 두 사람의 앞에 차를 내려놓고 신관은 다시 나갔다.

차를 한 모금 마신 대신관이 먼저 입을 열었다.

"어쨌든 오신다는 얘기는 들었지만, 구체적으로 무슨 일 때문인지는 통보를 받지 못했습니다. 무슨 일 때문이신지······."

"아시지 않습니까, 임무에 대해서는 함부로 발설할 수 없다는 것을."

"그건 알고 있습니다. 그래도 제가 도울 일이라도······."

"없습니다."

아크는 단호하게 잘라 말했다.

그러자 대신관은 순식간에 표정이 굳어졌다.

'헐, 이런 미친! 아무리 교황청에서 나왔다고 해도 내가 명색이 대신관인데.'

대신관은 속으로 투덜거렸지만, 입 밖으로 내뱉지는 않았다. 만약 그랬다가는 속이 좁은 대신관이라 오해를 살 수도 있는 문제였다. 또한 교황청에서 하는 일을 대신관이 어찌할 수도 없었다.

"허험, 그렇다면 어쩔 수 없고요."

내심 서운한 감정을 내비쳤다. 그런 심정을 눈치챈 아크가 서둘러 입을 열었다.

"자세한 것은 알려 드릴 수 없습니다. 하지만 도움이 필요하면 꼭 청하도록 하겠습니다. 대신관께서도 도움이 필요하시면 말씀해 주십시오."

"아, 네에……."

그렇게 다시 어색한 시간이 찾아오자 대신관이 차를 한 모금 마셨다. 그때, 불현듯 떠오른 생각이 있었다.

'가, 가만…… 도움을 준다고?'

대신관이 입가에 환한 미소를 머금으며 찻잔을 내려놓았다. 그러고는 아크를 바라보며 조심스럽게 말했다.

"도움을 주신다고 하셨습니까?"

"……?"

"그럼 도움을 주셔야 할 것이 있는데 말입니다."

대신관이 은근슬쩍 말을 하자 아크는 살짝 눈살을 찡그렸다. 예의상 꺼낸 말이었는데 이렇듯 곧바로 도움을 요청할 것이라고는 예상치 못하였다. 살짝 짜증이 나는 것도 사실이었다. 그렇다고 대놓고 짜증을 표출할 수도 없었다. 어쨌든 자기 입으로 꺼낸 것이 있지 않는가.

"말씀해 보십시오."

아크는 차분하게 말을 하였다. 그러자 대신관은 기다렸다는 듯이 바로 말을 이어갔다.

"그러니까, 여기 백작령에 제이크 가문이라고 있습니다. 그곳에 최근 아이가 생겼는데, 저희가 신전의 축복을 내려 준다고 하여도 거부하고, 신전에 대한 기부도 착실히 해오더니 어느 순간부터 일방적으로 끊었습니다. 이건 명백한 신에 대한 불경죄입니다. 신에 대한 거부는 응당 악의 무리, 즉 마계의 인물일 가능성이 있지 않겠습니까? 아니, 아마 악의 종자가 확실할 것입니다."

대신관은 제이크를 악의 종자와 같은 부류로 취급하였다. 기부도 하지 않고, 아기에게 축복을 내려 받지 않았다는 이유로 말이다.

아크가 들어보니 솔직히 억지를 부리는 경향이 없잖아 있었다. 하지만 그렇다고 무시할 수도 없었다. 그 이유는 이런 사례가 다른 영지에도 있었기 때문이다.

물론 백에 하나지만, 무시할 수도 없는 일이었다. 그럴수록 대신관의 언성은 점점 더 올라갔다.

"그러니까, 이건 명백히 신전을 멀리한다고 봐야 합니다. 신전을 멀리한다는 것은 뭔가 꿍꿍이가 있다는 것이 분명하다는 것이죠. 마계의 추종 세력일 수도 있습니다. 그러니 그 가문을 한 번 조사해 주십시오."

대신관의 다른 속뜻은 자기를 무시한 그 새끼를 아주 깡그리 다 묵사발로 만들어 달라는 말이었다. 하지만 아크는 그 정도까지 신전에 충성하는 성기사는 아니었다. 그냥 명령에 따라 움직일 뿐이었다. 그러니 지금 들은 얘기도 그다지 흥미는 없었다.

그렇다고 못 들은 척할 수는 없었다. 당분간은 이곳에서 신세를 져야 하기 때문이었다.

"제이크 가문이라고 하셨습니까?"

"네, 그렇습니다. 최근에 이곳 영지를 다스리는, 그리고 옆 영지의 영애와 결혼을 한 자입니다."

"그렇군요, 알겠습니다. 일단 제가 좀 알아보도록 하겠습니다."

아크의 말에 대신관의 표정이 환해졌다.

"하하하, 그리해 주신다면야 기쁘기 그지없습니다. 그런 악의 종자는 신의 이름으로 심판해야 합니다."

대신관은 이제 제이크를 악의 종자로 급상승시켰다. 그런 대신관의 말을 들은 아크의 얼굴이 살짝 일그러졌다.

"조사가 끝나기 전까지는 모르는 일입니다. 대신관께서는 사람을 그리 성급하게 판단하시는 것입니까?"

아크의 따끔한 지적에 대신관의 웃는 얼굴이 순간 굳어

졌다. 그러다 곧바로 표정을 근엄하게 바꾸고는 나직이 입을 열었다.

"아, 죄송합니다. 제가 실언을 하였군요. 물론 제가 성급하게 판단을 한 것은 아닙니다. 신전에서 내려주는 모든 것을 거부하니까, 제가 의심이 들어서 그랬던 것입니다. 저희 신전의 규율에도 있지 않습니까, 신전의 축복은 모든 사람들에게 내려주는 것이라고요. 저는 그것을 충실히 이행하고 싶은 것뿐입니다. 그러니 오해는 하지 말아주십시오."

"어쨌든 조금 전에도 말씀드렸다시피 제가 확인은 해보겠습니다. 정녕 대신관께서 하신 말씀이 맞다면, 신의 이름으로 제가 처단하도록 하겠습니다."

"그리해 주신다면 더 바랄 게 없습니다."

"알겠습니다. 그럼 전 잠시 마을을 둘러보러 가겠습니다."

아크가 말을 하며 자리에서 일어났다. 대신관도 같이 자리에서 일어났다.

"네, 천천히 둘러보십시오."

아크가 인사를 하고 사무실을 나섰다. 그가 나가고 대신관이 자리에 앉았다.

"쳇, 잘난 척하기는……."

대신관의 표정이 와락 구겨졌다.

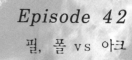

Episode 42

필, 폴 vs 아크

1

"날씨 한 번 정말 좋구나."

신전을 나온 아크는 구름 한 점 없는 맑은 하늘을 올려다 보며 눈을 찡그렸다. 한 손으로 그늘을 만들며 잠깐 동안 하늘을 바라보던 아크는 이내 낡은 후드를 뒤집어썼다.

"그럼 가볼까."

신전에서 뻗어진 대로를 따라 천천히 걸어갔다. 큰 언덕 위에 지어진 신전에서는 마을의 전경이 한눈에 들어왔다.

아크는 마을로 이어지는 대로를 따라 천천히 걸음을 옮겼다. 그의 눈에 들어온 마을의 전경은 정말 평화롭고 아름다웠다.

"후후, 많이도 변했군."

깊게 눌러쓴 후드 사이로 슬쩍 미소가 지어졌다.

필과 폴은 매일매일 반복되는 지루한 일상에 슬슬 지겨움이 밀려왔다. 때려 부수고, 싸우고, 죽이는 것만 해오던 그들이기에 이런 평화로움은 쉽게 적응이 되지 않았다.

"으아아아아! 심심해."

"지겨워……."

필과 폴은 저택 꼭대기에 있었다. 맑은 하늘 아래에서 일광욕이라도 즐기는 듯 축 늘어져 있었다. 그런데 너무 무료한 생활에 슬슬 짜증이 밀려왔다.

"도대체 언제까지 이러고 있어야 하지?"

"그걸 내가 아냐?"

"그럼 누가 아는데?"

"누구겠어, 저기 헤벌쭉 웃고 있는 저 양반이겠지."

필이 슬쩍 저택 한쪽으로 턱짓을 하였다.

폴이 그곳으로 시선을 돌렸다.

거기에는 아이린과 함께 있는 제이크가 보였다. 그의 얼굴에는 웃음이 떠나지 않고 있었다.

"쳇, 그리도 좋을까? 매일 웃고 있고 말이야."

"그래, 좋기도 하겠지. 그보다 뭐 재미난 일 없을까?"

"재미난 일? 죽이러 갈까?"

"누구를?"

"누구긴, 그냥 뭐……."

필이 말을 얼버무리자 폴이 눈을 가늘게 떴다.

"너 그러다 도련님께 된통 혼난다."

"에잇! 그럼 어쩌라고, 좀이 쑤셔 죽겠는데."

"그건 나도 마찬가지야. 그냥 확 마을로 내려가서 사람이나 죽일까?"

"그럴까? 사람 죽일까?"

"아니야. 자고로 연약하고 약한 인간은 죽이는 것이 아니라고 했어."

"그럼 숲에라도 가서 몬스터나 사냥할까?"

"어제 열 마리 잡은 후로 더 이상 안 나왔잖아."

"그래도 혹시 알아? 눈먼 한 마리가 있을지."

"에이, 됐어! 그냥 이 상태로 있으련다."

폴은 육중한 몸을 다시 뉘었다. 그 모습을 본 필은 고개를 절레절레 흔들었다.

"에잇, 나도 모르겠다."

필도 귀찮다는 듯 폴 옆에 누워버렸다. 그러기를 잠깐. 필의 눈동자가 크게 떠지며 곧바로 몸을 돌렸다. 그는 눈을 크게 뜬 채로 마을의 어느 한곳을 응시했다.

폴도 마찬가지였다. 그도 놀란 눈으로 몸을 돌려 마을을 바라보았다.

"야, 느꼈냐?"

필이 물었다.

"으응, 아주 독특한데?"

"그래도 강한 기운이지?"

"그래, 강해 보이네."

폴이 히죽 웃으며 답했다. 그러고는 입꼬리를 슬쩍 올리며 말했다.

"야, 오늘은 왠지 재미있을 것 같지 않냐?"

"킥킥킥, 그래, 오늘은 재밌을 것 같아."

두 사람은 동시에 쳐다보고는 히죽 웃음을 지었다. 그와 동시에 몸을 일으킨 두 사람은 마을이 보이는 쪽으로 몸을 날렸다.

아크는 시장에 내려와 있었다.

그는 깊게 눌러쓴 후드 사이로 눈빛을 반짝이며 여기저기 구경하기에 여념이 없었다.

"전에는 이렇게 활성화되지 않았는데……."

아크는 너무도 변해 버린 이곳이 조금은 낯설게 느껴지는 듯하였다.

"하긴 이곳을 떠난 지도 어언 10년이 지났으니……."

조용히 읊조리는 아크의 얼굴에 깊은 어둠이 내려앉았다. 그렇게 잠깐 생각에 잠겨 있던 아크의 기척에 곧 무언가 강한 무형의 기운이 느껴졌다.

"잉?"

아크는 기운의 주인을 찾기 위해 고개를 이리저리 돌렸다. 그러고는 어느 한 지점에 멈춰 섰다. 천천히 고개를 든 아크는 어느 건물 꼭대기에 자리하고 있는 뚱뚱이와 길쭉이를 발견하였다.

'저 녀석들은 뭐지?'

아크가 그런 생각을 하고 있을 때, 그들 주위에 풍기는 검은색 기류를 느낄 수 있었다. 순간, 아크의 눈빛이 차갑게 내려앉았다.

"악의 기운이 느껴져. 그것도 강한!"

아크가 낮게 중얼거렸다.

필과 폴도 아크를 발견하고 중얼거렸다.

"처음 보는 녀석인데?"

"그러게. 제법 강한 인간이야."

"느껴지는 기운도 기분 나쁘고."

"맞아. 그 뭐냐, 신성의 기운인 것 같은데……."

"저 인간, 어쨌든 강해."

"동감이야."

폴과 필이 얘기를 나누고 있는 사이, 아크는 시장터 중앙에 서서 두 사람의 시선을 받고 있었다.

"정말 대신관의 말이 맞다는 말인가. 이곳에 악의 종자들이 있다는 것인가……."

아크는 혼잣말을 하고는 일단 주위를 살폈다.

"이곳은 사람이 너무 많다. 일단 다른 곳으로 옮겨야겠다."

그렇게 결심을 한 아크는 일단 녀석들을 쳐다보았다. 그때까지 아크를 쳐다보고 있던 필과 폴은 녀석이 자신들을 똑바로 쳐다보고는 몸을 돌리자 히죽 웃었다.

"오호라, 따라오라 이거네?"

"새끼, 우릴 보고도…… 배짱이 있네."

"따라가야겠지?"

"당연하지."

필과 폴은 서로 마주 보더니, 곧 아크를 따라갔다. 대로가 아닌 지붕을 통해서 이동하였다.

그렇게 한참을 이동한 아크는 어느 한적한 곳에 도착하였다. 그 뒤에 곧바로 필과 폴이 도착했다. 필과 폴은 등을 돌린 채 서 있는 아크를 보며 히죽히죽 웃고 있었다. 마치 재미난 장난감을 만난 것처럼 즐거워 보였다.

반면, 아크는 인상을 잔뜩 찡그리고 있었다. 이처럼 악의에 가득 찬 기운을 가진 자들은 여태껏 처음 만나보는 놈들이기 때문이었다.

"킥킥킥."

"으헤헤헤, 재밌겠다."

필과 폴은 웃음기 가득한 표정으로 중얼거렸다. 그 소리를 들으며 아크가 천천히 몸을 돌렸다.

"네놈들은 누구냐?"

아크가 낮게 중얼거리며 머리에 쓰고 있던 후드를 천천히 벗었다. 아크의 얼굴이 드러나자 필과 폴이 고개를 갸웃하였다.

"응? 뭐지? 익숙한 얼굴인데……."

"너도냐? 나도 그런데……."

두 사람은 서로 바라보다가 필이 아크를 향해 물었다.

"야, 어디서 우리 만난 적 있냐?"

"난 처음 보는데."

아크가 바로 말했다.

"그래?"

필이 다시 고개를 갸웃하였다. 그러기를 잠깐. 폴이 필의 어깨를 툭, 쳤다.

"돌머리 굴려봤자 돌 부스러기밖에 더 떨어지냐. 그냥 쓸데없는 생각 말고 한판 붙어!"

"맞아, 한판 떠야지!"

그제야 필과 폴은 여기 온 목적을 떠올렸다. 두 사람의 대화를 들은 아크도 더 이상 말은 필요없다고 생각했다. 로브를 살짝 젖혀 허리에 찬 검을 빼 들었다. 묵직한 중검이 아크의 허리에서 빠져나왔다.

"자아, 시작하지!"

아크가 나직이 말을 하며 앞으로 걸어갔다.

필과 폴의 눈빛이 반짝였다.

"히힛, 싸운다."

"싸워, 싸운다고."

두 사람의 얼굴에 활짝 웃음꽃이 피어났다. 그런 후, 두 주먹을 말아 쥐고는 다가오는 아크를 향해 빠르게 쇄도해 나갔다.

"그럼 간다."

어느새 아크의 눈앞까지 다가온 필과 폴이 동시에 주먹을 내찔렀다. 아크는 움찔하며 중검을 들어 몸을 보호했다.

터엉! 텅!

두 개의 주먹이 중검의 검면을 강타하였다. 중검에서 전해지는 묵직한 기운이 손을 통해 전해졌다. 하지만 굳건한 두 다리로 충격을 버티며 중검을 휘둘렀다.

필과 폴은 동시에 뒤로 몸을 날렸다.

그러고는 또다시 교차하며 아크를 향해 돌진하였다.

아크는 갑자기 빨라진 두 사람의 공격에 살짝 당황하였다.

'이, 이런 빠름은……'

아크의 눈이 쫓아가지 못했다. 아크는 빠르게 교차하며 움직이는 폴과 필을 이리저리 고개를 돌려가며 확인하였다.

하지만 눈으로 쫓아가기에는 한계가 있었다.

그사이 폴과 필은 마치 쌍둥이마냥 한 몸처럼 움직이며 아크를 마치 장난감처럼 가지고 놀았다.

"히히힛, 재미있다. 즐거워. 안 그러냐, 필?"

"그래그래, 재미있어. 이게 얼마 만에 싸우는 거람."

필과 폴은 정말 즐거운 듯 싸움에 임했다. 반면, 아크는 정신이 없었다. 사방에서 몰아치듯 공격을 퍼붓는 두 사람 때문에 점점 정신이 없어졌다.

'으윽, 이, 이럴 수가……. 녀석들이 이렇게 강했나?'

퍽, 퍼퍼퍼퍽!

"으윽!"

두 사람의 완벽한 연계 공격에 아크는 제대로 막지 못하고 타격을 허용하였다. 아크는 작은 신음을 흘리며 무릎을 꿇고는, 잔뜩 찡그린 얼굴로 고개를 천천히 들었다.

그 앞에는 매우 신난 표정으로 통통 뛰고 있는 필과 폴이 있었다.

"일어나! 일어나!"

"아직 쓰러지는 것은 아니지? 좀 더 즐겁게 해주라."

필과 폴의 말에 아크는 와락 인상을 찡그렸다.

"즐겁게 해달라? 훗, 고작 나를 놀잇감으로밖에 생각하지 않는단 말이지? 재미있군."

아크는 입가에 미소를 띠며 천천히 일어섰다.

"좋아, 놀아달라면 놀아줘야지."

아크는 중검을 자신 앞에 푹 박았다. 그리고는 걸치고 있던 낡은 로브를 벗어 던졌다. 그러자 햇빛에 반사되어 반짝반짝 빛나는 성기사 갑옷이 드러났다. 가슴 정중앙에 금색으로 박혀 있는 십자가는 성스러움마저 깃들어 있었다. 겉에 입고 있던 낡은 로브와는 완전 상반된 것이었다.

아크는 박아 놓았던 중검을 천천히 빼 들며 정면으로 겨누었다.

"자! 다시 와라!"

2

필과 폴은 다소 달라진 아크의 모습에 약간 당황한 얼굴이 되었다. 하지만 그것도 잠시. 곧 입가에 짙은 미소가 걸렸다.

"후후, 좀 더 재미있겠는데?"

"그러게. 진즉에 그리 나왔어야지."

필과 폴은 그저 재미나게 놀면 되었다. 아크의 정체가가 무엇이든, 어떻게 변하든 상관이 없었다.

아크는 중검을 든 채 정면을 응시하였다. 필과 폴은 살짝 고개를 끄덕이고는 조금 전과 같은 방식으로 공격해 들어갔다.

사사삿—!

핑!

휙, 휘릭!

폴과 필이 교차하며 주위를 맴돌았다. 아크는 가만히 중검을 든 채 정면만을 바라보고 있었다. 그는 꿈쩍도 하지 않았다.

그에 폴과 필이 동시에 사방에서 주먹을 내찔렀다. 아크는 자신 가까이 다가온 폴과 필의 기척을 감지하고 중검을 그대로 내리꽂으며 외쳤다.

"홀리 오러!"

그 순간, 중검에서 흘러나온 강한 빛이 아크 주위로 퍼져 나갔다. 폴과 필은 강한 빛에 순간 눈이 안 보였다. 동시에 빠르게 움직이던 몸이 순간 멈춰 버렸다.

"으윽? 뭐, 뭐야?"

"누, 눈부셔!"

폴과 필이 바동거릴 때, 아크의 중검이 움직였다.

부웅— 붕!

거대한 중검은 멈춰 버린 폴과 필을 그대로 베어버렸다. 아니, 베어버렸다기보다는 강타한 것이 정확한 표현이었다.

텅! 터텅!

"으악!"

"크윽!"

중검에 강타당한 폴과 필은 그대로 뒤로 날아가 몇 바퀴를 뒹굴었다. 뿌연 먼지를 일으키며 각자 반대로 날아간 필과 폴은 오랜만에 느껴보는 통증에 얼굴을 찌푸렸다.

"아야, 아프다."

"큭! 아픔, 오랜만에 느껴보네."

바닥을 뒹굴던 필과 폴이 서서히 일어났다. 하지만 그들의 얼굴엔 살짝 찡그러진 표정만이 전부였다. 오히려 기쁨이 가득한 듯했다.

"헤헤헤, 그래, 이리 나와야지."

"정말 오랜만에 즐겁네."

두 사람이 중얼거리자 이번에는 아크가 낮게 말했다.

"과연 그 즐거움이 어디까지 갈까?"

아크는 이번에는 기다리지 않았다. 중검을 내리깔며 기합을 외치고는 필에게 먼저 쇄도했다.

"타핫!"

필은 자신에게 먼저 덤벼드는 아크를 보며 당황하였다.

"어?"

그것도 잠시. 순식간에 앞으로 다가온 아크는 그대로 중검을 사선으로 쳐올렸다. 필은 미처 방비할 틈도 없이 중검에 의해 하늘 높이 띄워졌다.

텅!

터푸덕!

"피이일—!"

폴이 필을 부르며 재빨리 아크에게 달려가 주먹을 내찔렀다. 하지만 아크도 이미 알고 있던 터라 피하는 것은 그리 어렵지 않았다. 오히려 폴의 가슴을 향해 중검을 가로로 그었다.

폴은 주먹을 내찌른 상태로 가슴에 강한 통증을 느끼며 뒤로 날아갔다. 한참 날아가던 폴은 무릎을 꿇었다. 그는 잔뜩 인상을 찡그리며 고개를 들어 필의 상태를 확인하였다.

필이 꿈틀거리며 일어나는 것을 확인하고서야 자신도 몸을 일으켰다.

"필, 괜찮냐?"

"크윽, 드럽게 아프네."

"괜찮은 것 같네."

폴은 히죽 웃으며 아크를 바라보았다.

"제법 하네? 우릴 이렇게 몰아붙이고 말이야."

"아직 끝났다고 생각하지 마라."

아크는 이번에는 아주 끝내 버릴 심산인 듯 중검에 서서히 홀리 오러를 주입시켰다. 그것을 본 폴이 살짝 아미를 찡그렸다.

"야야, 우릴 너무 자극하지 마. 그냥 즐겁게 놀자고 그러는 건데, 죽자고 달려들면 어떻게 해?"

"악의 종자는 신의 이름으로 처단한다. 그것이 바로 우리 신전의 일이다."

아크는 그다지 신앙심이 깊지 않은 신전의 교리까지 들먹이며 이야기하였다.

"쳇, 그냥 놀자고 한 건데."

"야, 폴. 저 사람 꽤 강해. 어떻게 할 거야?"

반대편에 있는 필이 소리쳤다. 그러자 폴이 말했다.

"어떻게 하긴 뭘 어떻게 해! 그냥 덤벼!"

그 말을 시작으로 필과 폴은 다시 덤벼들었다. 하지만 홀리 오러를 두른 아크에게는 상대가 되지 않았다.

휘릭—!

펑! 퍼퍽!

아크는 필과 폴의 공격을 모두 막아내며 오히려 두 사람을 밀어붙였다. 처음에는 폴과 필이 아크를 일방적으로 밀어붙이더니, 이제는 반대가 되었다.

탓!

"필, 뒤로 물러나!"

폴이 말했다. 폴 또한 뒤로 물러났다. 두 사람은 살짝 호흡을 고르더니, 이내 조용히 말했다.

"하아…… 인간, 세다."

"알고 있어. 그래도 재미나지 않아?"

"재미는 있지. 그런데 이러다가 제어가 풀리는 것은 아닌지 몰라."

"글쎄? 아직 밤도 아니잖아?"

폴이 힐끔 하늘을 올려다보았다. 구름 한 점 없는 맑은 날씨였다. 필도 하늘을 보았다.

"그래도 계속 이 상태로 밀리면⋯⋯."

"그럼 까짓것 변하면 되지."

"그럼 저 인간은?"

"그걸 생각할 겨를이 어딨어?"

필과 폴이 대화를 하는 사이, 아크가 코앞까지 달려 들어와 중검을 휘둘렀다.

"이크!"

"피해!"

하지만 이미 피하기에는 늦었다. 아크가 휘두른 중검에 가격당한 필과 폴은 엄청난 충격을 받으며 뒤로 물러났다. 아크는 거기서 멈추지 않았다. 계속해서 중검을 휘두르며 두 사람을 가격했다.

"으으으으⋯⋯ 그만해, 그만해."

필이 방어를 하며 조용히 말했다. 폴 또한 조용히 말했다.

"돼, 됐어. 이만하면 됐어. 그만 놀아도 돼. 여기까지 하자."

하지만 아크는 여기서 멈출 생각이 없었다. 더욱 강하게 두 사람을 몰아붙였다. 그렇게 한계까지 몰린 필과 폴. 두 사람은 어느새 말이 없어졌다.

이따금씩 호흡이 거칠어지며 뭔가 참는 듯하였다.

"으으윽, 그만! 그만해! 더 이상 우릴 몰아붙이지 마!"

"인간, 그만하라고 했다. 우리의 이성이 잠시라도 붙어 있을 때 말이야!"

"닥쳐!"

아크는 더 이상 들으려고 하지 않았다. 필과 폴은 더 이상 이성의 끈을 잡을 수가 없었다. 그리고 어느 순간, 핑—! 하며 필과 폴의 모습이 그 자리에서 순식간에 사라졌다.

"응? 어디?"

후방 약 10미터 지점에 모습을 드러낸 폴과 필은 조금 전과 조금 달라져 있었다. 눈빛은 붉게 변했고, 모습도 괴기스럽게 변해 있었다.

"크크크크으……."

"크앙—!"

마치 괴수와 같은 모습이었다.

"이, 이럴 수가!"

아크는 놀라지 않을 수 없었다. 그는 중검을 굳게 잡고 녀석들의 공격에 대비하였다. 그사이 필과 폴은 오직 먹이를 갈구하는 헬 솔저로 변하며 앞에 있는 아크를 쳐다보았다.

"크으으, 이렇게까지는 하고 싶지 않았는데……. 크르르르."

"이게 다 네놈이 자초한 일이다. 크르르."

살 떨리는 말과 함께 필과 폴이 아크에게 달려들었다. 순식간에 모습이 사라진 필과 폴.

아크는 화들짝 놀라며 두 사람을 찾기 위해 두리번거렸다. 하지만 필과 폴의 모습은 보이지 않았다. 그저 바람의 파공음만이 들릴 뿐이었다.

"어디지? 어디야?"

아크는 그들을 찾으려고 계속해서 주변을 확인했지만, 눈으로 찾을 수가 없었다. 다만, 점점 자신에게 가까워지고 있다는 것을 기척으로 느낄 수 있었다.

아크는 조금 전과 마찬가지로 홀리 오러를 중검에 주입시켰다. 그러고는 중검을 땅에 박아 넣으며 외쳤다.

"홀리 오러!"

강한 빛이 사방으로 비상하였다. 그때 드러난 폴과 필의 모습. 어느새 아크 바로 앞까지 도달해 있었다. 아크는 곧바로 중검을 들어 방어 자세를 취했다. 그러나 또다시 폴과 필이 시야에서 사라졌다.

홀리 오러로도 그들의 몸을 일시적으로 보이게 하는 것이 다였다. 아크는 너무도 당황스러웠다. 어떻게 해야 할지 몰랐다. 그사이 헬 솔저로 변신한 폴과 필이 사방에서 아크를 공격하였다.

퍽! 퍼퍼퍼퍼퍽!

중검을 가운데로 옮긴 상태로 최대한 방어에 힘을 썼다. 하지만 점점 대미지는 쌓여만 갔다. 몸 여기저기 대미지가 조금씩 축적되었다.

아무리 성기사인 아크라고 해도 헬 솔저로 변신한 두 명은 상대하기에 벅찼다.

'크윽! 세, 세다.'

아크는 이를 악물며 버티려 하였다. 그러나 두 사람의 합공에는 조금도 틈이 보이지 않았다.

'제기랄! 이, 이대로 죽는 건가?'

아크의 머릿속으로 지난날의 일들이 주마등처럼 지나갔다.

'쩝, 성기사단장도 이건 막기 힘들……어.'

아크의 신형이 스르륵 무너졌다. 중검을 꼭 쥔 채로 고개가 천천히 떨구어졌다. 그사이 필과 폴의 공격도 속도가 줄어들었다.

폴이 먼저 속도를 멈추며 아크 앞에 섰다. 붉어진 두 눈으로 무너진 아크를 쳐다보았다. 필이 무너진 아크에게 마지막 주먹을 날리려고 하였다.

"필, 그만!"

하지만 필의 주먹은 이미 뻗어졌고, 아크의 뒤통수를 그대로 후려쳤다.

쾅!

거의 기절한 아크는 마지막 필의 공격에 그대로 날아가 바닥을 뒹굴었다. 그것을 본 폴이 대뜸 큰 소리로 필에게 말했다.

"야, 새끼야! 멈추라고 했잖아!"

"언제?"

"아놔, 미치겠네. 너 때문에 저 녀석 죽었으면 어떻게 해? 도련님께 뭐라고 할 거야?"

필은 순간 얼음이 된 것처럼 멍하니 서 있었다. 그러다가 조심스럽게 물었다.

"죽었……을까?"

"그걸 내가 어떻게 알아? 일단 가보자."

폴이 바닥에 쓰러져 있는 아크에게로 다가갔다. 두 사람의 변신은 이미 풀어진 지 오래였다.

아크 곁으로 다가간 폴은 이리저리 살폈다. 그 옆에 서 있는 필은 그야말로 안절부절못했다.

"어때? 죽었어?"

필이 조심스럽게 물었다. 그러자 살펴보던 폴이 고개를 가로저었다.

"아니, 다행히 죽진 않았네."

"후우, 살았네."

필은 그제야 안도의 한숨을 내쉬었다. 만약 아크가 죽었다면 제이크가 절대 가만히 있지 않았을 것이다. 게다가 절대 말썽 피우지 말라고 했는데, 지나가는 사람에게 괜히 시비 걸어 죽였다면 더 그랬을 것이다.

"야, 들쳐 메."

"응? 왜?"

"데리고 가야지. 그냥 이대로 둘 거야?"

"그래도 좀……."

필은 싸웠을 때 녀석이 쓴 기술이 맘에 걸렸다. 따지고 보면 자신들과 상반된 기운이지 않은가.

"그렇다고 여기 이대로 두고 가? 그러다가 녀석이 죽으면?"

"그, 그러면 안 되지."

그렇게 말하며 필이 아크를 들쳐 멨다. 그러다가 힐끔 옆에 있는 폴을 보며 말했다.

"근데 왜 내가 녀석을 메야 하지? 니가 메면 되잖아."

"야, 난 멈추라고 했잖아. 니가 내 말 안 듣고 후려치니 녀석이 기절했지. 다행히 맷집이 좋아서 망정이지, 하마터면…… 아휴―!"

"알았어. 내가 메지, 뭐."

"당연히 그래야지."

그렇게 필은 아크를 들쳐 멨다. 그리고 폴이 아크의 무기인 중검을 들고 저택으로 발걸음을 옮겼다.

3

"하하핫!"

제이크가 크게 웃음을 터뜨리며 정원에서 나왔다. 그는 마지막 저녁 업무를 보기 위해 집무실로 향하는 길이었다.

그의 얼굴에는 미소가 떠나지 않고 있었다. 연신 웃음을 터뜨리며 걸음을 옮기고 있었다.

"하하하! 고 녀석, 발길질이 보통이 아니야. 크게 될 인물이야."

제이크는 조금 전까지 아이린과 함께 있었다. 처음 자신의 자식이 태어난다는 기쁨에 한시도 아이린과 떨어질 수가 없었다.

저녁 업무 보고만 아니라면 조금 더 아이린 곁에 있고 싶었다. 그것이 못내 아쉬운 제이크였다.

"쩝, 그냥 네빌한테 다 맡겨 버릴까?"

제이크는 잠시 생각을 하더니, 이내 고개를 절레절레 흔들었다.

"아니야. 길길이 뛰고 난리가 나겠지. 아님 하루 종일 설교를 들어야 할 테고 말이지. 어쩔 수 없이 내가 해야겠지."

제이크는 아쉬움이 잔뜩 묻어난 표정으로 힘겹게 걸음을 옮겼다. 그때, 그의 눈에 폴과 필이 보였다.

"응? 녀석들, 어딜 싸돌아다니고 오는 거야. 난 바빠 죽겠구먼. 죽었어!"

제이크는 자기는 바빠 죽겠는데 밖에서 놀다 온 폴과 필을 혼내야겠다고 생각하였다. 그래서 그들 곁으로 걸어갔다. 그런데 녀석들의 행동이 어딘지 모르게 수상했다. 게다가 필의 어깨에는 뭔가가 들쳐 메여 있고, 폴의 손에는 거대한 중검이 들려져 있었다.

"응? 녀석들, 뭔 사고 친 거 아니야?"

제이크는 그리 생각을 하며 두 사람을 불렀다.

"폴, 필! 너희들 뭐야!"

제이크의 목소리를 들은 폴과 필이 움찔하며 그 자리에 멈추었다.

"주……도련님."

"아, 아무것도 아닙니다."

어느새 다가온 제이크는 두 사람을 훑어보며 조용히 말했다.

"아무것도 아닌 게 아니구만. 뭐야?"

"그게 말이지, 우린……."

"시끄러, 내가 말할게."

필의 입을 막은 폴이 나서며 말했다.

"밖에 나가서 잠깐 몸 좀 풀고 왔어."

"몸을 풀어? 그런데 필의 어깨에 있는 건 뭐야? 사람 아니야?"

제이크의 말에 필이 어깨에 메고 있던 아크를 내려놓았다. 제이크의 눈이 크게 떠졌다. 그는 눈을 부라리며 폴과 필을 바라보았다.

"이놈은 뭐야?"

"우리도 잘 몰라. 그냥 녀석이 기분 나빠서 싸웠어."

"싸워? 그것도 기분 나빠서?"

제이크는 어이없는 말을 태연스레 내뱉는 폴과 필의 행동에 점점 화가 치밀어 올랐다.

"이것들이…… 내가 사고 치지 말랬지."

"사고 안 쳤다. 그냥 대련을……."

"대련? 그런데 사람이 죽어?"

"죽지 않았다. 그냥 기절한 것뿐이다."

"기절?"

제이크가 재빨리 아크를 확인하였다. 다행히 숨은 붙어 있었다.

"아무리 그래도 그렇지, 사람을 공격하면 어떻게 해?"

"아니다. 사람이라고 해도 이 녀석 정말 강하다. 게다가 기분 나쁜 기운까지 가지고 있었다. 그래서 우리가 녀석을 찾을 수 있었다.”

“뭐? 기분 나쁜 기운?”

폴의 말에 제이크가 아크를 다시 보았다.

“응?”

제이크도 그제야 아크가 자세히 눈에 들어왔다. 그는 성기사였던 것이다.

“성기사? 성기사가 여긴 왜?”

“그건 나도 모른다. 그냥 강해 보이는 것 같아서 싸웠다.”

폴이 말을 하던 중 곧바로 필이 끼어들었다.

“이 녀석, 진짜 강하다. 우리가 헬 솔저로 변하고서야 간신히…….”

“필!”

폴이 강하게 말했다. 그제야 필이 손으로 입을 막았다. 하지만 이미 제이크의 분노 게이지는 올라갔다.

“이 새끼들, 내가 절대로 변하지 말라고 했지!”

“도, 도련님, 우리도 어쩔 수 없었습니다. 우리가 변하지 않았다면 우리가 당했을 것입니다. 아니, 저절로 변했습니다.”

폴이 강하게 변명을 하였다.

하긴 그도 그럴 것이, 자신들도 원래는 변할 생각이 없었다. 게다가 경고까지 하였다. 하지만 극한까지 몰리자 이성의 끈이 끊어지고 변신을 하게 된 것이다.

폴과 필은 억울하기 그지없었다. 그래서 폴이 강하게 항변을 한 것이었다. 하지만 이미 제이크의 귀에는 들리지 않았다. 그저 인간을 공격했고, 거기다가 변신까지 하였다. 자신이 신신당부까지 하며 하지 말라던 규율을 두 번이나 어겼다.

만약 마계였다면 당장에라도 참수를 할 일이었다. 제이크는 주먹을 불끈 쥐며 나직이 말했다.

"니들, 내가 요즘에 좀 많이 풀어줬지?"

제이크는 말을 하면서 주위에 검은 오러를 서서히 피워 올렸다. 그의 행동에 폴과 필의 두 눈이 크게 떠졌다.

"도, 도련님, 우, 우리는……."

"죄가 없습니다. 그냥……."

"닥쳐!"

그때였다. 제이크를 멈춰 세우는 말이 들려왔다.

"다들 거기서 뭐해요?"

아이린이었다. 아이린의 등장에 제이크는 언제 그랬냐는 듯 기운을 거두었다. 그러고는 환한 얼굴로 몸을 돌렸다.

"어어, 왔어?"

"뭐하고들 있었어요?"

"아, 폴과 필이 밖에서 기절한 사람을 데리고 왔는데……."

"어멋! 그래요?"

아이린은 화들짝 놀라며 바닥에 쓰러져 있는 사람에게 다가갔다. 그러고는 쓰러진 사람의 얼굴을 확인하던 아이린의 표정이 점점 변하였다.

"오, 오빠?"

"뭐? 오빠?"

제이크가 깜짝 놀라며 말했다. 그러자 아이린이 고개를 끄덕이며 힘차게 말했다.

"맞아요. 작은오빠예요. 오빠가 어떻게……."

아이린은 깜짝 놀라며 아크를 확인하였다. 10년이 지났지만, 그때의 얼굴은 그대로 남아 있었다.

"어떻게 된 일이에요? 왜 오빠가 쓰러져 있었죠?"

아이린의 물음에 필과 폴은 서로를 바라보며 어찌할지를 몰랐다.

"아이린, 진정하고 일단 오빠분을 안으로 모시자고."

"아, 네에. 그래요."

제이크가 아이린을 부축하였다. 그러고는 필과 폴을 향해 나직이 말했다.

"뭐하고 있어? 어서 안으로 모시지 않고."

"아, 알겠습니다."

필이 곧바로 아크를 안고 저택 안으로 들어갔다. 그 뒤를 폴이 재빨리 따라갔다. 그의 뒤통수로 제이크의 따가운 시선이 느껴졌다.

하지만 폴은 무시하고 앞으로 걸어갔다. 그때, 필의 말이 들려왔다.

"폴, 우리 이제 어떻게 하냐?"

"뭘 어떻게 해?"

"마님의 오빠랑 싸웠잖아."

"야, 우리가 알고 싸웠냐? 그리고 죽이기라도 했냐?"

"그건 아니지만, 도련님의 포스가 장난 아니야."

"알아. 일단 방에 옮겨놓고 잠시 동안 잠수 타자!"

"으응, 알았어."

폴의 말에 필이 고개를 끄덕이며 수긍하였다.

방으로 옮겨진 아크를 옆에서 물끄러미 바라보고 있는 아이린. 그 옆에서 제이크가 조심스럽게 말했다.

"그냥 기절한 것뿐이야. 그러니 너무 걱정하지 마."

"네에."

아이린도 고개를 끄덕이며 답했다. 그사이 필과 폴은 제이크의 눈치를 살살 살피며 조금씩 문 입구로 움직였다. 그렇게 막 문을 열고 나가려고 할 때, 제이크의 음성이 들려왔다.

"어디 가?"

"따, 딱히 어딜 가는 것은……."

"으응, 그냥 밖에 있으려고······."

"특별히 내가 지시할 때까지 외출 금지다. 방에서 조용히 대기하고 있어."

"······."

폴과 필이 말없이 서로를 바라보았다. 그러자 제이크가 천천히 고개를 돌렸다. 그의 눈이 어느새 검게 변해 있었다.

"귀관은 상관의 말에 불복종하는가?"

그것을 본 폴과 필은 순간 정자세를 취하며 말했다.

"아, 아닙니다."

"대기하고 있겠습니다."

폴과 필이 힘차게 대답을 하고 그 자리에 멈춰 섰다. 다시 본연의 모습으로 돌아온 제이크가 고개를 돌리자 폴과 필도 몸을 움직일 수 있었다.

"대기해."

제이크가 조용히 말했다.

폴과 필이 고개를 끄덕이고는 방을 나갔다.

제이크는 침대 옆에 앉아 있는 아이린의 어깨에 가만히 손을 얹었다. 그러자 아이린의 손이 제이크의 손을 감쌌다.

한참의 시간이 흐른 후, 아크가 서서히 눈을 떴다.

"으으으······."

힘겹게 눈을 뜬 아크는 가장 먼저 눈에 들어온 천장의 모습에 살짝 놀라며 눈알을 굴렸다. 그런 후, 고개를 돌리자 그곳에는 눈물을 잔뜩 머금고 있는 여자가 있었다.

그런데 그 여자가 매우 낯이 익었다.

"아, 아이린?"

그랬다. 옆에 있는 여자는 자신의 동생인 아이린이었다.

그토록 보고 싶어 했던 아이린을 보게 되자 아크는 믿기지 않는 듯 눈동자가 심하게 떨리고 있었다.

"내가…… 죽은 건가?"

"차라리 죽어버리지그랬어!"

"응?"

아이린의 앙칼진 목소리에 아크의 눈이 크게 떠졌다. 아이린이 울먹이며 아크의 품에 얼굴을 묻었다.

"흐흑, 왜 이제야 나타났어, 왜!"

그제야 아크는 자신이 죽지 않았다는 것을 깨달았다.

그리고 자신의 눈앞에 그토록 보고 싶던 동생, 아이린이 있었다.

그의 얼굴이 어느새 인자하게 바뀌며 자신의 품에 안겨 울먹이는 아이린의 머리를 쓰다듬었다.

"아이린……."

아크의 목소리가 나직이 들리고 정말 작은오빠가 살아 돌아왔다는 생각에 아이린의 울음은 더욱 커져만 갔다.

"으아아앙, 내가 그동안 얼마나 힘들었는데. 얼마나……."

"미안하다……."

아크가 조용히 말을 했다. 그러자 더욱 서러움이 폭발한 아이린은 크게 울음을 터뜨렸다. 그런 아이린을 아크는 말없이 다독여 주었다. 그렇게 한참을 울던 아이린이 어느 정도 진정이 되었는지 몸을 일으켰다.

"괜찮아?"

아크가 물었다.

"그건 내가 묻고 싶은 말이야. 오빠 괜찮아?"

"나야, 뭐……."

아크는 밝은 미소를 지으며 괜찮다는 시늉을 하였다. 그러다가 생각에 잠겼다.

'가만, 녀석들은? 난 어떻게 이곳에 오게 되었지?'

그런 생각을 하고 있을 때, 아이린의 음성이 들려왔다.

"그보다 도대체 어떻게 된 거야? 그렇게 나가고 왜 소식이 없던 거야?"

"아, 그게 말이지……."

아크는 그동안의 사정에 대해서 이야기를 하였다.

어떻게 신전에 들어가게 되었고, 그곳에서 신성기사가 된 것까지…… 하나하나 차근차근 설명을 하였다.

마지막으로 이곳을 오게 된 것까지 이야기하고 나서야

아크의 이야기는 끝이 났다. 아이린은 묵묵히 고개를 끄덕이며 말했다.

"그랬구나. 고생이 많았겠네."

"고생은……. 그보다 넌 어때? 모습을 보니 결혼도 한 것 같고."

"으응, 좋은 사람 만나서 결혼했지. 그리고 이렇게 조카까지 생겼고."

아이린은 자신의 배를 어루만지며 미소를 지었다. 그런 아이린의 모습을 보며 아크도 흡족한 미소를 지었다.

"그럼 어디 아이린의 말도 들어볼까? 그동안 어떻게 지냈어?"

아크의 물음에 아이린의 표정이 급격히 어두워졌다.

"실은 작은오빠가 그렇게 나가고, 큰오빠는……."

아이린이 그동안 있던 일에 대해서 차근차근 설명하였다. 채플 백작가의 압박, 그리고 후작가의 영지 공격까지…… 하나하나 설명을 하였다.

그 설명을 들을 때마다 아크는 두 주먹을 불끈 쥐며 분노하였다. 그러면서도 아이린의 말을 끊지는 않았다.

"그런데 나에게 구세주같이 그 사람이 나타났어. 내가 어려움에 직면해 있는데, 갑자기 지하 연무장에서 쾅! 하고 소리가 들리는 거야."

아이린은 자신의 남편인 제이크와의 만남에서부터 어떻

게 역경을 이겨냈는지에 대해서 하나도 빠짐없이 말을 해주었다. 그리고 여기서 한 가지, 아크가 알게 된 사실은 자신을 공격했던 뚱뚱이와 길쭉이도 사실은 아이린과 알던 사이라는 것이었다.

그 얘기를 들을 때 아크는 적잖이 놀란 눈치였다. 게다가 그들을 데려온 자가 바로 아이린의 남편이며, 자신의 매제가 되는 사람이었다.

'서, 설마…… 아이린?'

아크는 잔뜩 걱정이 된 얼굴로 아이린을 살펴보았다. 다행히 아이린은 전혀 마기에 상하지 않았고, 악의 씨앗도 심어지지 않은 듯하였다.

아이린의 이야기는 무려 새벽까지 이어졌다.

"그렇게 해서 지금까지 이르게 된 거야. 이제 우리 영지는 그 누구도 넘볼 수 없게 되었어, 그 사람 덕분에."

"그래? 잘되었네."

하지만 아크의 표정은 그다지 좋지 않았다. 사실 조금 전부터 밖에서 느껴지는 마기가 매우 신경 쓰였다. 그렇다고 자신을 공격하거나 아이린을 해하려는 것 같지는 않았다. 그저 주위를 보호하고 있다는 느낌을 받을 뿐이었다.

그리고 그 마기의 정체가 누구인지도 어렴풋이 짐작되었다.

'훗, 거참, 불편한 관계가 되겠군.'

아크는 저도 모르게 피식 웃었다.

"응? 오빠, 왜?"

"아, 아니야. 그보다 다행이네, 아이린이 무사해서."

"헤, 다 그 사람 때문이지."

아이린은 부끄러운지 살며시 고개를 숙였다.

아크는 그런 아이린을 바라보며 슬쩍 미소를 지었다.

'다행이야, 정말 다행이야. 내 동생아.'

아크는 무엇보다 아이린이 악의 씨앗과 접촉했을까 봐 불안해하였다. 그런데 듣고 보니 그들이 아니었으면 아이린은 진즉에 후작가의 노예가 됐을지도 몰랐다.

자신 대신 동생을 돌봐줬으니 악의 씨앗이라고 무조건 증오할 상황은 아니었다. 게다가 사실 아크는 그다지 신앙심이 깊지 않았다.

"그보다 매제를 만나봐야 하지 않을까?"

"아, 그 사람? 지금은……."

아이린은 뒤를 돌아보더니 이내 어색한 미소를 지으며 말했다.

"미안. 내가 지금 조금 피곤해. 그 사람은 내일 만나면 안 될까? 오빠도 좀 쉬어야 하고."

"아, 맞다. 내 정신 좀 봐. 울 동생이 홀몸이 아니지?"

"헤헤, 오늘 얘기를 좀 많이 했더니 피곤하네."

"그래, 알았어. 어서 가. 너의 낭군은 내일 소개해 줘."

"으응, 알았어."

아이린이 힘겹게 자리에서 일어났다.

"그럼 오빠 쉬어."

"응, 너도."

"알았어."

아이린이 밝게 대답을 하고는 몸을 돌려 밖으로 나갔다.

홀로 남은 아크는 잠시 생각에 잠기더니, 이내 몸을 일으켰다.

그렇게 꼼짝도 하지 않고 한참을 있었다.

이윽고 무언가 결심을 한 아크가 이불을 걷어내고 침대에 걸터앉았다. 옆에 있는 자신의 성기사 갑옷을 하나하나 챙겨서 몸에 걸쳤다.

마지막으로 자신의 무기인 중검을 등에 메고서야 모든 준비가 끝났다.

"그럼 어디, 초대에 응해볼까?"

아크가 천천히 문 입구를 향해 발걸음을 옮겼다. 문손잡이를 잡고 활짝 열었다.

문을 열고 밖으로 나간 아크는 잠시 왼쪽과 오른쪽을 번갈아 보더니, 이내 왼쪽으로 방향을 틀어 걸어갔다. 그러고는 짙은 어둠 속으로 아크의 몸이 빨려 들어갔다.

Episode 43
이그나탈과 일곱 제자

1

철컹철컹!

짙은 어둠이 내려앉은 새벽.

긴 복도에 울리는 소리는 갑옷이 부딪쳐 내는 거친 쇳소리뿐이었다.

철컹철컹!

잠시 후, 횃불이 밝게 켜진 곳으로 누군가 모습을 드러냈다. 그는 바로 아크였다. 아크는 어두운 복도를 걸어서 어딘가로 이동하고 있었다.

교차점에 도착했을 때, 아크가 걸음을 멈추었다.

또다시 왼쪽, 오른쪽을 살펴보던 아크가 왼쪽을 가만히

쳐다보더니, 이내 그곳으로 발걸음을 옮겼다. 그러고는 다시 긴 복도의 짙은 어둠 속으로 모습이 사라졌다. 들리는 소리라고는 아크의 갑옷 소리뿐이었다.

철컹철컹.

그러던 아크의 발자국 소리가 어느 순간 멈추었다. 아크가 쳐다보고 있는 곳은 촛불이 양옆에 켜져 있는 어느 방문 앞이었다.

아크는 잠시 대기하고 있다가 손을 들어 문을 두드렸다.

똑똑똑.

안에서 제이크의 음성이 들려왔다.

"들어오십시오."

문이 자동으로 열렸다.

아크는 잠시 움찔하였지만, 곧 아무런 내색도 하지 않고 천천히 안으로 들어갔다. 아크가 안으로 들어서자 문은 또 언제 열렸냐는 듯 자연스럽게 닫혔다.

촛불을 사이에 두고 제이크와 아크가 서로 마주 보고 앉았다. 아크가 이 방에 들어온 지 어느덧 10여 분이 흘렀지만, 두 사람은 아직 한마디도 하지 않았다. 그들 앞에 놓인 찻잔의 홍차만이 차갑게 식어가고 있었다.

그런 둘 사이의 침묵을 먼저 깬 쪽은 제이크였다. 그는 슬며시 미소를 지으며 입을 열었다.

"차가 식었습니다. 새로 내오라고 하겠습니다."

제이크가 막 일어나려고 할 때, 아크가 입을 열었다.

"아니, 되었습니다. 그보다, 단도직입적으로 묻겠습니다."

아크의 말에 제이크가 도로 자리에 앉았다.

"물어보십시오."

"당신의 정체는 무엇입니까?"

아크가 눈을 반짝이며 물었다. 제이크는 이미 예상했던 질문인 듯 놀라지도 않았다. 그저 담담히 아크를 바라보다가 슬쩍 고개를 갸웃거렸다.

"글쎄요, 어디서부터 설명을 해야 할지……."

제이크는 잠시 머릿속을 정리하는 듯 눈을 감았다. 그렇게 잠깐의 시간이 흐른 후, 천천히 입을 열었다.

"현재 저는 마계의 열두 마왕을 보필하는 군단장이며, 그곳에서 헬 나이츠라 불리고 있습니다."

"헤, 헬 나이츠!"

아크의 두 눈이 크게 떠졌다.

"저, 정말 헬 나이츠란 말입니까?"

"그렇습니다."

제이크는 아크가 못 믿는 눈치라 슬쩍 가슴을 열어 보였다. 그곳에는 홍염의 불꽃이 살짝 일렁이고 있는 갑옷이 자리하고 있었다.

"신전에 계셨으니 이 갑옷이 무엇을 뜻하는지는 알고 있을 것이라 여깁니다."

"이, 이럴 수가……. 홍염의 갑옷! 헬 나이츠만이 입을 수 있다는 그 갑옷을……. 그저 풍문으로만, 아니, 전설로만 전해지고 있었는데, 실제로 보게 되다니……."

아크는 자신의 두 눈으로 보고 있음에도 믿기지 않는 듯하였다. 그렇게 한참 동안 넋을 잃고 바라보던 아크가 어느덧 정신을 차린 듯 고개를 세차게 흔들었다.

"그, 그래, 당신이 헬 나이츠라는 것은 인정합니다. 그런데 어떻게 된 것입니까? 마계에 있어야 할 당신이 어찌 여기로 나오게 된 것인가? 그리고 당신…… 인간은 맞습니까?"

아크는 정신없게 질문을 던졌다. 그런 아크를 보며 제이크가 피식 웃었다.

"후후후, 하나씩 천천히 질문하십시오. 차근차근 설명해 드리겠습니다. 우선 마지막 질문의 답은…… 네, 인간 맞습니다. 붉은 피가 흐르는 인간이 확실합니다. 그러니까…… 마계로 넘어가기 전 제 신분은 프라인 백작가의 막내아들인 제이크 프라인이었으니까요."

제이크는 말을 하면서 왠지 모를 씁쓸함이 밀려왔다. 왠지 지금 자신이 취조를 당하고 있는 듯한 느낌이 들었기 때문이다.

그것을 눈치챈 아크가 바로 말을 하였다.

"오해할 수도 있는데, 난 다만 아이린의 오빠로서……. 물론 오랜만에 나타나 오빠 노릇을 한다는 것이 부끄럽지만, 그래도……."

"알고 있습니다. 전 괜찮으니 신경 쓰지 마십시오. 그럼 시작하겠습니다."

제이크는 식어버린 찻잔을 들어 한 모금 마신 후, 천천히 입을 열었다. 마치 옛이야기로 향수에 젖은 듯했다.

"모든 것은 지금 제가 입고 있는 갑옷으로부터 시작되었습니다."

제이크는 입고 있는 홍염의 갑옷을 손으로 툭툭, 치며 이야기를 시작하였다.

"마계로 넘어간 저는 죽지 않기 위해 싸워야 했습니다. 물론 죽을 고비도 수없이 있었습니다. 그때마다 여기 입고 있던 갑옷이 절 구해주었죠. 그렇게 싸우고, 싸우고, 또 싸우다 보니 어느새 제가 헬 나이츠라는 이름을 얻고 군단장이 되어 있더군요."

제이크는 이야기를 하면서 마계에서 겪었던 기억을 새삼 떠올렸다. 그때는 정말 악몽 같은 시간이었다. 다시 하라고 하면 죽었으면 죽었지 절대 하지 않을 것이다.

그렇게 마계에서 살아온 일과 군단장의 지위까지 오른 일을 이야기하였다. 그리고 마지막으로 휴가를 받고 인간

세계로 나왔다는 말을 하며, 언젠가 돌아가야만 한다는 말은 하지 않았다.

'그래, 아직은 때가 아니야.'

제이크는 속으로 말을 삼켰다. 그것만 빼고는 하나하나 빠짐없이 다 설명을 하였다.

"그렇게 해서 힘겹게 돌아왔는데…… 젠장, 모든 게 바뀌어 있었습니다. 아, 욕을 해서 죄송합니다. 그때의 감정이 떠올라 욱하는 바람에……."

"아, 아닙니다. 괜찮습니다."

제이크가 바로 사과를 하자 아크가 손을 흔들며 말했다.

"어쨌든 그렇게 되어서 지금까지 오게 된 것입니다. 집으로 돌아온 후부터는 아이린이 얘기를 해줬을 것입니다. 여기까지가 제 얘기입니다."

장장 두 시간에 걸친 이야기였다. 차도 두 번은 더 나왔던 것 같다. 하지만 아크는 두 시간의 이야기가 전혀 지루하지 않았다. 자신으로서는 상상할 수도 없는 얘기였다.

"그, 그랬군요. 하긴 그에 비하면 저는……."

솔직히 제이크에 대한 이야기를 듣다 보니 자신의 겪은 일은 힘든 축에 들지도 못했다. 오히려 지난날 힘들어했던 자신이 부끄러워질 정도였다.

그러면서 다른 한편으로는 제이크에게서 연민의 정이 느껴졌다.

"집 떠나 고생한 건 당신이나 나나 마찬가지지만, 난 당신에 비하면 부끄러울 정도군요."

아크가 아주 조심스럽게 말을 하였다. 그런 아크를 보며 제이크가 물었다.

"저도 궁금하던 참입니다. 어떻게 된 일입니까?"

"사실 전 아버지의 복수를 하기 위해 집을 떠났습니다."

이번에는 아크의 이야기가 시작되었다. 그는 무작정 집을 나서서 아버지의 복수를 위해 움직였다. 그러던 중 형이 중독되었다는 소식을 접했다.

그런데 곧장 집으로 돌아가려고 하기에는 아무 성과도 거두지 못했다는 것이 부끄러웠다. 큰소리치며 집을 떠나왔는데 아버지 복수는커녕 무능력하게 세월만 보낸 것이다.

그래서 형만큼은 꼭 살려보겠다고 여기저기 수소문을 한 끝에 신성제국의 대신관이라면 고칠 수 있다는 말에 무작정 신성제국으로 향했다.

"천신만고 끝에 신성제국에 도착했지만 제가 얻은 것은 차가운 멸시뿐이었습니다. 그래서 생각했습니다. '오냐, 니들이 잘났으면 얼마나 잘났냐. 내가 니들의 면상을 짓밟아 주겠다' 그렇게 다짐을 하고 신성제국의 기사가 되기 위해 노력했습니다. 그런데 알고 보니 그때부터가 개고생의 시작이었더군요."

아크는 지난날의 고생을 떠올리는지 깊은 침묵에 잠겨들

었다.

"어쨌든 열심히 노력한 끝에 신성기사의 자리에 올랐습니다. 그런데 막상 거기까지 올라가고 보니 너무나도 오랜 세월이 지났더군요."

그 말을 할 때, 아크의 모습은 매우 씁쓸해 보였다. 하지만 그것도 잠시. 아크는 언제 그랬냐는 듯 이내 환한 표정으로 바뀌었다.

"그래도 지금 이렇게 돌아온 것만으로 다행이라는 생각이 듭니다. 게다가 당신이 아니었다면 우리 아이린은……."

거기까지 생각이 미치자 아크는 절로 주먹에 힘이 들어갔다.

"아닙니다. 어쨌든 이렇게 무사히 돌아왔으니 다행입니다."

"그렇습니까?"

"네, 그렇습니다."

그렇게 두 사람은 어느새 동화가 되어버린 듯 환하게 웃으며 이야기를 하였다.

하지만 실상은 달랐다.

아크는 오직 실력으로 신성기사가 되었지만, 대신관은 알고 있었다. 그의 신앙심이 그리 높지 않다는 사실을 말이다. 그래서 일부러 자신의 고향으로 보내서 그곳에서 임무를 수행하라고 한 것이었다.

물론 아크에게는 교황께서 꿈에 계시를 받았다고 둘러댔다. 어찌 보면 일종의 배려라 볼 수 있지만, 나쁘게 말을 하면 신앙심이 형편없어 고향으로 쫓아낸 거나 다름이 없었다. 그러나 대신관은 아크를 쫓아낸 것에 대해 정말 많은 아쉬움이 남아 있었다.

그 이유는 바로 아크의 검술 실력 때문이었다.

아크의 검술 실력은 신성제국에서도 세 손가락에 들 정도로 뛰어났다. 아니, 차기 성기사단장 자리까지 오를 수 있을 실력이라고 생각하였다.

다만 아쉬운 것은 그의 신앙심 문제였다. 깊은 신앙심이 있어야 홀리 크로스를 사용할 수 있기 때문이었다.

홀리 크로스는 성기사단장의 필살기인데, 깊은 신앙심을 바탕으로 몸에 축적된 기를 순간적으로 방출해서 주위를 정화시키는, 아주 놀라운 기술이었다.

각설하고, 아크는 그것만 빼고는 성기사단장과 겨뤄도 검술로는 거의 지지 않을 정도였다. 그만큼 실력 있는 성기사인 아크는 단지 신앙심이 부족하다는 이유만으로 이곳까지 쫓겨난 것이었다.

그런 사실을 아크는 전혀 모른 채 자기 편한 대로 생각을 해버린 것이다. 이곳에 왔어도 오직 임무만 생각한 것이었다.

"그렇게 해서 임무를 맡아 이곳에 왔습니다. 이곳에 악의 종자들이 많이 있다고 해서 말이죠."

아크는 마지막을 말을 할 때, 힐끔 제이크의 눈치를 살폈다. 하지만 제이크는 전혀 신경 쓰지 않았다.

그저 아크의 행동과 말하는 태도, 특히 신앙심이 많이 부족하다는 것이 은근히 마음에 들었다. 하지만 그래도 아크는 명색이 성기사였다.

제이크와 가는 길이 달랐다.

"후우, 그렇군요. 임무를 받고 이곳에 왔군요. 그렇다는 것은……."

"네, 그렇습니다. 제 일은……."

아크도 제이크의 속내를 알아채고 곧바로 말을 가로챘다. 그러고는 조심스럽게 말을 꺼냈다.

"나도 지금 그것이 고민입니다. 여기까지 왔으니 무슨 일이라도 해야 하는데…… 하물며 신전의 대신관도 이곳에 악의 종자가 살고 있다면서……."

아크는 여전히 말을 하면서 제이크의 눈치를 살폈다. 제이크의 이마가 살짝 일그러졌다.

'이런 잡종 새끼가…… 감히 날 보고 악의 종자라고?'

제이크는 속으로 욕을 해 대며 언젠가 대신관을 손 좀 봐야겠다고 생각하였다. 바로 그때, 문이 벌컥 열리며 폴과 필이 들어왔다.

"도련님!"

"도련님!"

"헉! 네, 네놈들은!"

폴과 필이 들어오자 아크는 두 사람을 발견하고 깜짝 놀랐다. 손까지 들며 폴과 필을 가리켰다.

하지만 폴과 필은 아무렇지 않다는 듯 손을 들어 인사했다.

"어? 일어났네! 반가워."

"이야, 난 또 니가 죽는 줄 알고……. 아무튼 살아서 다행이네."

"허헉……. 어, 어떻게……."

아크는 순간 말문이 막히는지 제이크와 폴, 필을 번갈아 바라보며 설명해 줄 것을 요구했다.

그런 아크의 상태를 보고 제이크는 머리가 지끈 아파왔다.

'아놔, 저 새끼들은 예고도 없이 쳐들어오냐.'

제이크는 난감한 표정이 된 채로 어디서부터 설명을 해야 할지 고민하였다. 그러는 사이, 폴과 필은 천진난만한 얼굴로 히죽 웃고 있었다.

2

검은 로브를 쓴 사제들이 영지로 하나둘 들어서고 있었다. 다만, 선두에 있는 한 사람만 후드를 쓰지 않았다. 바짝 마른 얼굴에 살이라고는 한 점 붙어 있지 않은 백발의 노인이었다.

얼굴에 뼈만 앙상한 것이, 마치 해골의 형상을 하고 있었다. 그는 영지에 발을 내딛자마자 깊게 숨을 들이쉬었다.

"후흡—!"

그러고는 깊게 음미하며 눈을 감았다. 약간의 시간이 흐른 후, 다시 길게 숨을 내쉬며 매우 흡족한 미소를 머금었다.

"흐흐, 좋구나, 좋아!"

그때, 뒤에서 한 명의 검은 사제가 조심스럽게 말을 하였다.

"스승님, 마기가 다른 지역보다 충만합니다. 저희들도 이곳에 오니 힘이 넘치는 것 같습니다."

"그래, 잘 찾아온 것 같구나."

마기의 냄새가 물씬 풍겨지니, 절로 기분이 좋아졌다. 그는 공기 중에 잔잔히 떠다니는 마기를 몇 번 더 흡입하더니, 눈을 빛냈다.

"이곳이라 했느냐? 나의 라이벌인 클레노스가 죽었다는 곳이?"

"네, 그렇습니다."

"크크크, 멍청한 놈. 명색이 나의 라이벌이라는 놈이 엉뚱한 놈에게 뒈져 버리다니."

이그나탈은 혀를 차며 고개를 절레절레 흔들었다.

"하긴 뭐, 상관없지. 어차피 그놈도 나의 마기를 채워줄 재료밖에 되지 않았으니 말이야. 다만 아쉬운 것은, 놈이 죽어버려 그 막대한 마기를 흡수하지 못했다는 것이지만……."

이그나탈은 못내 아쉽다는 표정을 지었다. 그러나 이내 입꼬리를 올렸다.

"그래도 뭐, 상관없어. 나의 라이벌을 죽일 정도면 그만큼 강하다는 뜻이겠지. 강하다는 것은 강한 마기로 충만하다는 것이겠고 말이야."

"아마도 그럴 것입니다."

뒤에 있는 제자 한 명이 맞장구를 쳐주었다. 그에 기분이 좋아진 이그나탈은 그 기세로 힘주어 말했다.

"얼마나 대단한 놈들인지는 모르겠지만, 전부 쓸어버리겠다. 그리고 그들을 모두 내 힘으로 만들어 버릴 것이다."

이그나탈이 말을 하는 중에도 뒤에 서 있던 제자들의 몸에서는 은은한 검은 마기가 샘솟았다.

"놈이 이곳에 있는 것이 확실하고?"

이그나탈이 곧바로 물었다.

"네, 그렇습니다."

"오냐. 클레노스 놈의 복수 따위는 필요하지 않다. 나를 위해서, 내가 7레벨에 오르기 위해서 네놈이 필요할 뿐이다. 그래서 금기 마법인 흡마 마법(마기를 흡수하는 마법)까지 배우지 않았나. 영지 안에서 이런 마기가 흐르는 것을 보니 7레벨을 이룰 수 있는 충분한 마기를 보유하고 있겠군."

이그나탈의 눈동자가 어느새 검게 변하였다.

"기다려라, 곧 찾아가마."

말을 마친 이그나탈이 다시 걸음을 옮겼다. 그러자 그가 있던 자리에 둥근 원이 남겨졌다. 정확히 말을 하면 땅이 죽어 있었다.

반경 5미터 안의 풀과 꽃도 모조리 말라 비틀어져 있었다. 그렇게 그가 지나가는 자리에는 죽음의 향기만 남아 있을 뿐이었다.

아크는 멀리 떨어진 곳에서 몸을 숨기고 있었다.

"아, 젠장. 괜히 왔나? 한두 놈도 아니고, 무려 여덟이야. 게다가 그 노인네는 역시 이그나탈이었어."

아크는 어제 그들이 말한 것을 듣고 설마설마하였다. 아니, 그가 산속에서 나와 이곳으로 왔다는 것이 믿어지지 않았다.

그래서 반신반의하며 이곳으로 와 자신의 두 눈으로 직

접 확인하였다.

"진짜였어. 젠장, 젠장. 괜히 그런 말을 했나?"

사실 이그나탈에 대해서는 아크도 어느 정도 알고 있었다. 그 악명이 신성제국에 미칠 정도였기 때문이다. 그런데 문제는 자신이 저 녀석을 쓰러뜨리겠다고 큰 소리를 쳤다는 것이다.

"내가 괜한 소리를 해서는……."

아크는 갑자기 급후회가 밀려왔다. 그러면서 오늘 새벽에 있던 일이 떠올랐다.

"다, 당신들은……."

아크는 필과 폴을 발견하고 입을 쩍 벌린 채 아무런 말도 꺼내지 못하였다. 그 모습을 본 제이크는 난감한 표정을 지으며 한숨을 푹 내쉬었다.

"하아— 거참, 타이밍하고는……."

제이크도 아크와 두 사람 간의 관계에 대해서 알고 있었다. 그래서 적당한 때에 상황을 설명하려고 했는데…….

"일이 꼬였지만, 어쨌든 설명을 하겠습니다. 이름은 필과 폴, 제 부하입니다. 저 녀석들과 작은 마찰이 있었다고 들었는데, 그냥 무시하십시오. 워낙에 모자란 놈들이라……."

"도련님!"

폴과 필이 동시에 소리쳤다.

"시끄러! 뭘 잘했다고!"

제이크의 면박에 폴과 필은 주눅이 들어 고개를 푹 숙였다. 그러자 아크가 어느 정도 정신을 차린 후 천천히 입을 열었다.

"그렇다면 저 두 사람도……."

"네, 같이 넘어왔습니다."

"그럼…… 저들도 헬 나이츠?"

"에이, 무슨 헬 나이츠가 그리 많을까요. 저들은 그냥 헬 솔저입니다. 그래도 마계에서는 나름 최강의 전사들이죠."

그리 말을 하는 제이크는 왠지 뿌듯함이 밀려왔다.

아크는 저들과 상대를 했기 때문에 얼마나 강한지 잘 알고 있었다. 그렇다면 저들의 대장인 제이크는 얼마나 강할 것인가. 거기까지 생각이 미치자 아크는 절로 고개가 가로저어졌다.

"어쨌든 서로 인사도 했고……."

제이크가 말을 천천히 하다가 폴과 필을 보았다.

"맞아, 무슨 일이야?"

"맞다, 도련님."

폴이 나서며 입을 열었다.

"웬 이상한 녀석들이 영지로 오고 있습니다."

"네, 맞습니다. 확인해 보니 마기가 장난 아니었습니다."

필이 말을 하며 슬쩍 입맛을 다셨다. 두 사람의 얘기를 들은 제이크가 살짝 미간을 찡그렸다.

"누구인데? 혹시 그 녀석들 제자가 아직 남아 있었나?"

"그것은 아닌 것 같습니다. 총 여덟 명이었는데, 그중 한 명이 제일 세 보였습니다. 어쨌든 아주 맛나 보이는 마기였습니다."

필의 말에 제이크가 잠시 고민을 하더니 앞에 앉은 아크를 쳐다보았다. 그 순간, 제이크의 눈빛이 반짝였다.

"저기……."

"네에?"

"아까 얘기를 들어보니 성과를 얻어야 한다고 들었는데……."

제이크가 조심스럽게 말을 하자, 아크는 무슨 소리인지 알아듣지 못하고 되물었다.

"알아듣게 말해주시지요."

"그러니까, 이곳에 왔으니 악의 종자를 처단해야 한다고 하지 않았습니까?"

"그렇죠."

"그런데 마침 딱 좋은 먹잇감이 나타났습니다. 어떻게 하시겠습니까?"

제이크가 의미심장한 미소를 지으며 말했다. 폴과 필도 그가 무슨 의도로 말을 하는지 알아듣고 실실 웃고 있었다.

다만, 아크만 고개를 갸우뚱할 뿐이었다. 제이크는 아크가 이해하지 못하자 다시 다가가 천천히 입을 열었다.

"그러니까, 제 말은……."

제이크가 아크에게 다가가 조곤조곤 설명을 하였다. 그러자 아크의 눈이 반짝이며 뭔가 깨달은 표정을 지었다.

"그렇군요, 그런 방법이 있었습니다. 그렇게 된다면야 신전에 보고하는 저의 체면도 서죠. 그리고 저의 일도 하는 것이고."

"제가 지원을 해드리겠습니다. 그러니 맘껏 하십시오."

"감사합니다."

그렇게 해서 악의 종자인 녀석들을 잡으러 나왔는데, 하필 이그나탈이었다. 아크는 깊은 한숨과 함께 어떻게 상대해야 할지 막막했다.

"젠장, 처음부터 이그나탈이었다면 쉽게 나선다고 하지 않았을 텐데. 게다가 한두 놈도 아니고 말이야."

아크는 혼잣말을 중얼거리며 점점 멀어지는 이그나탈 일행들을 바라보았다.

"어떻게 한다?"

아크의 머리가 지끈지끈 아파왔다.

매제 될 사람에게 큰소리를 치며 나왔는데, 검도 뽑지 못하고 돌아가면 무슨 체면이 서겠는가. 이러지도 저러지도 못하고 있을 때, 폴과 필이 나타났다.

"여기서 뭐해?"

"그러게. 뭘 그리 멍하게 쳐다만 보고 있지?"

폴과 필의 말에 아크는 순간 욱하는 감정이 치솟았다.

"상황을 지켜보는 거다, 상황을!"

"무슨 놈의 상황? 그냥 쳐들어가서 때려 부수는 거지."

"부순다기보다는 아작을 낸다고 봐야겠지?"

"아, 그렇구나. 아작이구나."

"키키키, 그렇지, 아작이지."

폴과 필은 아무리 상대가 이그나탈이라고 해도 그리 대수롭지 않은 모양이었다. 말장난까지 하며 즐거워하고 있었다. 그런 두 사람을 보며 아크는 또다시 한숨이 나왔다.

'내가 저것들을 믿고 나왔다니……'

아크는 폴과 필을 바라보며 속으로 약간의 원망 어린 눈빛을 보냈다. 그러다가 이내 고개를 돌려 멀어지고 있는 이그나탈의 뒷모습을 보았다.

'그래, 이제 와서 무슨 소용이야. 일단은 부딪쳐 봐야지.'

아크도 결심이 섰는지 고개를 끄덕였다. 그때, 폴과 필이 다가와 말했다.

"걱정하지 마. 뒤에 우리가 있잖아."

"맞아, 우리가 도와줄게. 도련님도 도와준다고 했어."

"그, 그래?"

아크는 영 미덥지 못한 말에 어색한 웃음만 지었다. 게다가 제이크의 실력을 100% 알지 못하는 아크이기에 과연 이그나탈을 이길 수 있을까 하는 의문도 들었다.

그런가 하면 다른 한편으로는 자신을 쓰러뜨린 폴과 필이 고작 제이크의 부하라는 사실에 안도감이 드는 것도 사실이었다.

'그래, 저들이 도와준다면 어느 정도 승산이 있을지도 몰라.'

신성제국의 신성기사단장과 거의 맞먹는 실력을 가진 아크이지만, 상대가 이그나탈이다 보니 긴장되는 것은 어쩔 수 없었다.

"좋아!"

아크는 결심을 하고 자리에서 일어났다. 그리고 이그나탈이 사라진 방향으로 힘찬 발걸음을 내디뎠다.

'죽기 아니면 까무러치기다.'

그 뒤에서 폴과 필이 손을 들어 올리며 파이팅을 외치고 있었다.

3

이그나탈은 일곱 제자와 함께 찬찬히 영지를 둘러보고 있었다. 강력하진 않지만, 영지 곳곳에 마기가 은은하게 어려 있어 기분을 상쾌하게 해주고 있었다.

"좋구나, 좋아."

　이그나탈은 흡족한 미소를 지으며 마치 산책이라도 나온 것처럼 뒷짐을 진 채 유유히 걸음을 옮겼다. 그 뒤를 제자들이 아무 말 없이 따랐다.

　그렇게 영지 입구까지 도달했을 무렵이었다. 잘 걷던 이그나탈이 걸음을 멈추었다. 그러고는 살짝 아미를 찡그리며 신음을 삼켰다.

"으음……."

　그러자 뒤에 있던 제자가 다가와 물었다.

"스승님, 왜 그러십니까?"

　제자의 물음에도 이그나탈은 아무런 대답을 하지 않고 매우 흥미로운 표정을 지을 뿐이었다.

"이상하군, 이상해."

"뭐가 이상하다는 말씀이십니까?"

　그러자 이그나탈이 몸을 돌려 제자를 쳐다봤다.

"넌 못 느끼는 것이냐?"

"무엇을 말씀입니까?"

　제자는 고개를 갸웃했다.

"에잉, 쯧쯧쯧. 특별한 기운을 느끼지 못했냐 말이다."

"제자는 잘……."

"수련이 많이 부족하구나."

"죄송합니다. 좀 더 수련하도록 하겠습니다."

제자는 고개를 숙이며 자기의 부족함을 인정하였다. 이그나탈은 다시 고개를 돌려 피식 웃었다.

"간간이 떠도는 마기의 기운 속에 신성력이라……. 아주 재미있는 놈이로구나."

"네에? 신성력?"

이그나탈의 말에 제자의 눈이 크게 떠지며 놀란 표정을 지었다.

"그놈입니까?"

"아니다. 이런 신성력은 신성제국이다."

"시, 신성제국!"

신성제국이라는 말에 제자들의 눈빛이 그 어느 때보다 빛났다.

"그래, 좋은 먹잇감이로구나."

이그나탈이 고요하게 말을 했지만, 제자들은 달랐다. 그들은 신성제국이라는 말에 몹시도 흥분한 상태였다. 하물며 신성제국은 자신들에게 있어서 자다가도 벌떡 일어날 철천지원수나 다름이 없었다.

"스승님, 어디입니까?"

제자들은 주위를 살피며 신성제국 놈들을 찾으려고 하였

다. 그러나 그들은 아직 수련이 부족한 탓인지 신성력을 느끼지 못하고 있었다.

이그나탈은 신성력을 느끼고 피식 미소를 지었다.

"어쨌든 초대를 하니, 그에 응대를 해야겠지. 가자!"

이그나탈은 도시로 들어가는 대로에서 벗어나 숲 속으로 향하는 길로 접어들었다. 제자들도 스승인 이그나탈을 따라 숲 속으로 들어갔다.

그렇게 약 20여 분을 걸어갔을 때, 자그마한 공터가 나왔다. 그 공터 중앙에는 순백의 갑옷을 입고 중검을 자기 앞에 박아놓은 채 가만히 서 있는 아크가 있었다.

이그나탈은 아크를 발견하고 그 자리에 섰다.

"네놈이냐, 날 이리로 부른 것이?"

이그나탈의 말에 아크가 천천히 고개를 들었다.

"그렇다, 이그나탈!"

아크의 말투에서 비장함이 묻어났다. 이그나탈도 그의 결심이 느껴졌는지 이내 눈빛에 흥미로움이 일렁거렸다.

"호오, 내가 이그나탈이라는 것을 알고도 그랬단 말이지? 그렇다면 제법 한가락 한다는 소리겠군."

이그나탈이 마지막 말을 할 때는 눈빛이 급속도로 차가워졌다. 그때, 뒤에서 제자 한 명이 나섰다.

"스승님께서는 물러나 계십시오. 저놈은 저희들이 처리하겠습니다."

제자의 말에 이그나탈은 입꼬리를 한 번 올리더니, 이내 몸을 천천히 뒤로 뺐다. 그사이 일곱 제자가 앞으로 나섰다.

"네놈은 우리들이 상대하겠다."

아크는 검은 로브를 걸친 일곱 명을 보며 살짝 긴장하였다.

'가능할까? 이그나탈도 혼자 상대할 수 있을지 의문인데, 제자 일곱 명이라…….'

아크는 긴장을 하면서 일곱 명을 훑어보았다. 하지만 이미 엎질러진 물이었다.

'그래, 여기까지 왔는데 부딪쳐 봐야지.'

아크는 맘을 새롭게 다잡고는 천천히 앞에 꽂아 놓은 중검을 빼 들었다. 그런 후, 앞에 세우고 강하게 말했다.

"와라!"

때를 같이해 일곱 제자가 동시에 마력을 개방하였다. 그들의 등 뒤로 검은색 룬이 생김과 동시에 일제히 아크를 향해 검은색 기운이 발사되었다.

아크는 큰 기합성과 함께 신성력을 발동하였다. 일곱 개의 검은 기운을 홀리를 써서 막았다.

팡! 파파파파파팡!

쩌어억!

홀리 방어막을 작동시켰지만, 네 발째부터 균열이 일어나기 시작하였다. 그리고 여섯 발째에 끝내 홀리 방어막이 깨지고, 일곱 발째는 몸통에 가격했다.

퍽!

"으으윽!"

가슴을 가격당한 아크는 뒤로 주르륵 밀려났다. 가슴에서 전해지는 짜릿한 충격에 아크는 미간를 찡그렸다. 하지만 다행인 것은, 어느 정도 충격이 사라진 후에 맞았기 때문에 괜찮았다.

그사이 일곱 제자는 다시 기운을 쏘아내기 위해 캐스팅을 시작하였다. 그것을 그냥 두고 볼 아크가 아니었다. 재빨리 몸을 움직여 일곱 제자를 향해 돌진하였다.

"으아아아아—!"

그러나 일곱 제자도 달려드는 아크를 그냥 두고 보고 있지 않았다. 어느 순간 각자 흩어지며 아크를 에워쌌다. 그리고 그와 동시에 일곱 개의 검은 기운이 아크를 향해 쏟아졌다.

퍼퍼퍼퍼퍼펑!

"크아아아아—!"

아크의 처절한 외침이 숲 속 가득 울려 퍼졌다.

"이런, 쯧쯧쯧!"

"한 대 맞았군."

"그러게 너무 저돌적으로 덤벼들더라니."

"그게 저 녀석의 장점이지."

"그래도 이번 거는 꽤 아프겠는데?"

"그러게나 말이야. 살아 있을지도 모르겠네."

아크와 일곱 제자가 싸우고 있는 곳에서 한참이나 떨어진 곳에 폴과 필이 있었다. 두 사람은 몸을 숨기고 기척을 감춘 채 아크가 싸우고 있는 것을 지켜보고 있었다.

그런데 초반부터 밀리고 있는 것에 걱정이 들었다.

"폴, 이거…… 도와줘야 하는 거 아니야?"

"아직은 괜찮은 것 같은데. 그리고 도련님 말씀 못 들었어? 죽기 직전까지는 도와주지 말라고 말이야."

"그건 아는데……."

필이 그것을 모르는 것은 아니었다. 다만, 그는 자기도 저기서 싸우고 싶은 강한 욕망이 들었다. 하지만 살벌하게 눈뜨고 있을 제이크를 떠올리니 그냥 참을 수밖에 없었다.

"어! 어어어……."

폴의 다급한 반응에 필이 즉시 고개를 돌렸다.

아크가 일방적으로 놈들에게 당하고 있는 것이 보였다. 있는 힘껏 신성력을 개방하여 싸우고 있지만, 일곱 명을 혼자 상대한다는 것은 아무래도 역부족이었던 모양이다.

"이, 이런. 정말 큰일 나겠는데?"

"아니야, 아직은……."

필의 말에 폴이 신중한 눈빛으로 고개를 가로저었다.

그도 그럴 것이, 제이크는 아크가 성장의 벽에 부딪쳤다는 사실을 알고 있었다. 그래서 이번 기회에 그의 벽을 부수고 싶었던 것이다.

물론 오랜 수련과 깨달음을 통해 벽을 허물 수도 있겠지만, 그것보다는 실전을 통해 깨닫는 것이 가장 빠르다는 것을 제이크는 잘 알고 있었다.

특히 죽음 직전에 더 빨리 허물 수 있었다. 그래서 필과 폴에게 그때까지 내버려 두라고 했던 것이었다.

그러나 아크는 다르게 생각하고 있었다. 힘겹게 일곱 명의 공격을 막고 있던 아크는 인상을 찡그리며 자꾸 다른 곳을 신경 쓰고 있었다.

'제엔장! 이 새끼들, 지금 뭐하고 있는 거야? 도와준다고 하지 않았어? 어디 있는 거야?'

아크가 아무리 두리번거려도 녀석들의 모습은 보이지 않았다. 그러는 사이에도 계속해서 공격을 당했다.

'씨팔, 이럴 줄 알았어.'

아크는 더 이상 버틸 힘이 남아 있지 않았다. 너무나도 일방적인 공격에 더는 방어할 신성력도 남지 않았다.

펑! 퍼퍼퍼퍼펑!

아크의 몸이 천천히 무너졌다. 급기야 무릎을 꿇으며 한 손으로 중검을 붙잡았다.

"으으윽!"

아크에게서 낮은 신음이 흘러나왔다.

"제길, 더 이상은…… 더 이상은 무리인데. 무리야, 더 이상은……."

아크는 혼잣말을 중얼거렸다. 사방에서 쏟아지는 검은 기운을 또다시 온몸으로 받았다. 눈에 힘마저 풀리며 어느덧 한계에 다다르고 있었다.

일곱 제자도 아크가 한계라는 것을 깨달았다. 뒤에서 뒷짐을 진 채 상황을 지켜보던 이그나탈이 낮은 목소리로 말했다.

"끝내라!"

"넵!"

일곱 제자가 일제히 무릎을 꿇고 있는 아크 주위에서 주문을 외우기 시작하였다. 그들도 이제 마지막이라는 것을 알고 있었다.

"크으으윽!"

아크는 온몸이 부서지는 것 같았다. 가슴이 답답하고, 몸에 점점 열이 차올랐다.

찌이잉—!

"아, 안 돼에에에에!"

심한 통증이 머리에서 시작해 가슴으로 내려왔다. 쿵쾅쿵쾅거리는 심장의 박동 수가 급격히 올라가고 있었다. 아크는 극심한 통증을 버텨냈다.

그와 동시에 일곱 제자의 마지막 공격이 시작되었다.

"죽어랏!"

일곱 명이 쏘아낸 기운이 무릎 꿇고 있는 아크에게 날아 갔다.

"으아아아아ㅡ!"

아크의 고통에 찬 외침이 숲 속 가득 울려 퍼졌다.

그 모습을 지켜보던 필이 더 이상은 참지 못하겠다는 듯 일어났다.

"야, 안 되겠다!"

그러자 폴이 그의 팔을 붙잡았다.

"잠깐만 있어봐."

"야, 저러다 진짜 죽어!"

"안 죽어, 지금은……."

폴이 희미한 미소를 띠며 말을 하자, 필도 뭔가 이상한지 고개를 돌렸다. 그곳에 아크가 비명을 지르며 괴로워하고 있었다. 그런데 어찌 된 영문인지 검은 기운들이 일제히 아 크의 온몸으로 흡수되고 있는 것이 아닌가.

"크크크, 드디어 허물어졌군."

폴이 나직이 중얼거렸다.

폴의 말대로 아크는 버티고 버텨서 죽음의 문턱에 다다 랐을 때, 그 벽을 허물 수 있었다. 그리고 아크의 눈이 하 얀빛에서 어느 순간 회색 눈동자로 바뀌었다.

그 순간, 홀리 크로스의 변형인 그랜드 크로스가 발동되었다. 홀리 크로스는 신성력을 기반으로 하기에 정화의 능력이 있다.

적의 마력을 흐트러뜨리고 일시에 무력 상태로 만드는, 가공할 만한 기술이었다. 하지만 아크의 그랜드 크로스는 신성력이 아닌 순수 마력이었다.

그 순수 마력을 바탕으로 해서 상대를 몰살시키는 가공할 기술이었다. 워낙에 뛰어난 재능을 가진 아크이기에 가능한 것이었다.

아크는 이를 악물며 힘차게 외쳤다.

"그랜드 크로스!"

그 순간, 아크의 주위로 강한 회색빛 십자가가 생성되며 주위에 있는 일곱 제자를 순식간에 덮쳤다.

"크아아악!"

"으악!"

"으아아아!"

일곱 제자가 순식간에 비명을 지르며 검은 재가 되어 사라졌다. 그것을 본 이그나탈의 눈이 급격하게 흔들렸다.

하지만 그것도 잠시. 이그나탈은 분노로 얼굴이 일그러졌다.

"네 이노옴—!"

이그나탈의 강한 불호령과 함께 그의 주위로 강한 마력이 솟아올랐다. 이미 모든 마력을 쏟아낸 아크는 탈진한 상태로 무릎을 꿇고 있었다.

"허헉, 허헉!"

아크는 거친 숨을 몰아쉬며 다가오는 이그나탈을 바라보았다. 하지만 손가락 하나 까딱할 힘조차 남아 있지 않았다.

"제, 제길……."

그때, 폴과 필이 그의 앞에 내려앉았다.

다가가던 이그나탈의 발이 멈추었다.

"네놈들은 뭐냐?"

이그나탈의 말에도 폴과 필은 신경 쓰지 않는 듯 히죽 웃었다.

"이놈은 내 거야!"

필이 말했다. 그러자 폴이 고개를 홱 돌리며 소리쳤다.

"무슨 소리야, 내 거다!"

"먼저 치는 놈이 임자야!"

필이 이그나탈을 향해 뛰쳐나갔다. 그러자 폴이 펄쩍 뛰며 소리쳤다.

"야, 반칙이야!"

폴도 앞으로 뛰쳐나갔다. 그 모습을 보던 아크가 인상을 찡그렸다. 그런 후, 힘없이 쓰러지며 중얼거렸다.

"개, 개새끼들……."

Episode 44

영웅이 된 아크

1

"으으으……."

깊은 신음이 흘러나왔다.

"아, 안 돼! 안 돼에에에……."

두 팔을 허우적거리며 뭔가 잡으려는 시늉을 했다. 그렇게 몇 번을 허우적거리더니, 다시 잠잠해졌다. 그러다 또다시 신음이 들려왔다.

"으으음……."

잔뜩 얼굴을 일그러뜨린 채 신음하는 아크는 꿈속에서 뭔가 큰일이 벌어지고 있는 듯하였다.

그 옆에는 매우 걱정스런 표정으로 앉아 있는 아이린이

있었다. 그녀는 아크가 정신을 잃고 실려 온 후로 한시도 곁에서 떨어지지 않았다.

그때, 그녀의 어깨로 누군가의 손이 닿는 것이 느껴졌다. 아이린이 고개를 돌려 올려다보자 거기에는 제이크가 서 있었다. 아이린은 살짝 눈물이 맺히며 그의 손을 잡았다.

"일주일째예요."

"알아, 괜찮을 거야."

"의사 선생님께서 지금쯤이면 깨어나야 한다고 하는데……."

아이린의 시선이 다시 아크에게 향했다.

"그럼 의사 말이 맞겠지. 깨어날 거야."

"그래도 걱정이 돼요."

"난 당신이 더 걱정인데."

제이크의 말에 아이린의 손이 자연스럽게 불룩 나온 자신의 배로 향했다. 그녀는 배를 살짝 어루만지고는 작게 말했다.

"전…… 괜찮아요."

"그래도 예정일이 코앞으로 다가왔는데, 당신도 조심해야지."

"전 제가 알아서 해요. 그보다 어서 빨리 오빠가 일어나야 하는데……."

그녀는 손에 들린 수건으로 아크의 이마에 맺힌 땀을 닦아

주었다. 그때, 또다시 아크가 신음을 흘리며 소리를 질렀다.

"으윽, 안 돼에에에!"

그 모습을 지켜보는 아이린이 수심에 가득 찬 표정으로 중얼거렸다.

"도대체 무슨 안 좋은 꿈을 꾸는 것이기에 이러지?"

마치 가위에라도 눌린 것처럼 아크는 심하게 발작을 하였다. 하지만 그 발작은 그리 길지 않았다.

제이크는 그런 아크를 찬찬히 바라보았다. 그는 매우 신중한 표정으로 아크의 전신을 훑었다.

'아마 후유증이겠지. 죽음의 문턱까지 가서야 그 벽을 깰 수 있었을 테니까. 그만큼 돌아오는 대미지도 세겠지. 나도 겪어봤으니까.'

제이크가 속으로 생각을 하고 있을 때, 아크의 표정이 서서히 편안해지고 있었다.

"돌아왔군. 좀 있으면 깨어나겠어."

"네에?"

제이크의 뜬금없는 말에 아이린이 잔뜩 의문스런 표정으로 올려다보았다. 하지만 제이크는 더 이상 아무런 말도 하지 않았다.

그렇게 잠깐의 시간이 지나고, 작은 신음과 함께 아크가 서서히 눈을 떴다.

"오빠, 아크 오빠! 정신이 들어요?"

"으음, 아이린?"

"으응, 오빠. 나야. 이제 정신이 든 거야?"

아크는 눈을 깜빡이며 아이린을 쳐다보았다.

"여긴 어디지?"

"어디긴 어디야, 집이지. 오빠, 일주일 만이야. 일주일 만에 일어난 거 알아?"

"일주일?"

아크는 아이린의 말을 믿지 못하겠다는 듯 눈동자가 심하게 흔들렸다.

'가만, 내가 일주일 만에 깨어났다고? 그보다 이그나탈은 어찌 되었지?'

자신이 이곳에 누워 있다는 것은 이그나탈을 쓰러뜨렸다는 뜻이 되었다. 그리고 정신을 잃기 전 나타난 두 사람, 폴과 필의 잔상이 떠올랐다.

'마, 맞아, 그 녀석들!'

그 순간, 아크는 모든 것이 이해되었다.

'제엔장! 강하다는 것은 알고 있었지만……'

아크는 이그나탈이 얼마나 강한 존재인지 알고 있었다. 아니, 일곱 제자를 합한 것보다 더 강한 존재가 바로 이그나탈이었다.

자신은 일곱 제자도 간신히 이기지 않나. 더 정확히 말을 하면 그랜드 크로스를 깨우치지 않았다면 당하는 쪽은 자신이었다는 것을 잘 알았다.

그런 이그나탈을 폴과 필이 처리하였다. 물론 자신은 기절했기 때문에 어떻게 싸웠는지는 모른다. 아니, 어떻게 이겼는지는 정확히 알지 못했다. 하지만 자신이 이렇듯 살아서 돌아온 것만 봐도 알 수 있었다.

그 두 사람이 얼마나 강한지, 자신이 얼마나 나약한지를 말이다.

'하, 젠장. 내가 약하다는 것은 알고 있었지만, 이 정도일 줄은……'

아크는 고개를 절레절레 흔들며 질려 버렸다는 듯 인상을 찡그렸다. 그 모습을 바라보는 아이린은 걱정이 되는지 안쓰러운 눈빛으로 물었다.

"오빠, 어디 아픈 거야?"

"아, 아니야. 괜찮아. 미안하다, 못난 모습 보여줘서."

아크는 진심으로 미안한 얼굴이 되었다. 동생을 오랫동안 내버려 둔 채로 강해지려고 하였는데, 그러지 못하였다. 그것이 아크에게는 커다란 미안함으로 다가왔다.

"오빠, 그런 말 하지 마. 이렇듯 살아서 온 것만으로도 난……"

아이린은 더 이상 말을 잇지 못하였다. 그런 아이린을 아크가 살며시 안아주었다. 그러자 아이린은 참았던 울음을 터뜨렸다.

"흐흑!"

아크는 눈물을 흘리는 아이린의 등을 토닥여 주었다. 그렇게 잠깐의 시간이 흐른 후, 아이린은 아크의 품에서 슬쩍 떨어졌다. 그러고는 눈물을 닦은 후 밝게 미소를 지었다. 그 모습이 아크의 가슴을 후벼 파는 것 같았다.

"헤헤, 안 울려고 했는데……."

아이린은 애써 밝은 미소를 지으며 얘기를 하였다. 그런 아이린의 모습을 보며 아크 또한 미소를 지었다. 그렇게 두 사람은 한동안 말이 없다가 아이린이 박수를 치며 먼저 말을 꺼냈다.

"아, 맞다!"

아이린의 행동에 아크는 의문의 눈빛이 되었다. 아이린은 실실 웃으며 아크에게 말했다.

"오빠!"

"응?"

"오빠, 축하해."

"뭐가?"

아이린의 말에 아크는 고개를 갸웃하였다. 하지만 아이린은 계속해서 실실 웃을 뿐이었다.

"뭘 축하한다는 거야?"

"조금만 있어봐. 곧 소식이 올 거야."

그때, 문을 두드리는 소리가 들려왔다.

"왔다!"

아이린은 문 쪽을 향해 소리쳤다. 그리고 문이 열리며 시녀가 들어왔다. 그녀는 공손히 허리를 숙이고는 말을 하였다.

"마님, 왕궁에서 사자가 오셨습니다."

"그래, 응접실로 잘 모셨겠지?"

"네, 마님."

"알았어. 곧 갈 테니까, 잘 모시고 있어."

"알겠습니다, 마님."

시녀는 인사를 하고 방에서 물러났다. 두 사람의 대화를 듣던 아크가 조심스럽게 물었다.

"왕궁이라니? 왕궁에서 사자가 왜 와?"

"그게 있잖아……."

아이린은 살짝 뜸을 들이더니, 이내 말을 하였다.

"오빠가 왕궁의 기사로 임명되었어."

"엥?"

아이린의 말에 아크는 눈을 크게 뜨며 황당한 표정이 되었다.

2

응접실에는 아이린을 비롯해 제이크와 집사 네빌이 있었다. 방 중앙에는 신성기사 갑옷을 걸치고 자연스럽게 무릎을 꿇고 있는 아크가 있고, 그 앞에 왕궁에서 온 사자가 서 있었다.

사자는 자신의 손에 들린 임명장을 읽고 있었다. 그 모습을 지켜보는 아이린의 눈빛에는 뿌듯함이 가득 담겨 있었다.

"……이에 왕국의 기사로 임명합니다."

사자는 말이 끝남과 동시에 임명장을 말아 무릎을 꿇고 있는 아크에게 건네었다. 아크가 조심스럽게 그것을 받았다.

"기사 아크는 이후로 왕국을 위해서 성심성의껏 힘을 보태주길 바라네."

"네, 알겠습니다."

아크는 자신의 손에 들린 두루마리를 바라보았다. 엉겁결에 받고는 있지만, 자신이 이걸 정녕 받아도 되는 것인지 의문이 들었다.

그사이 아이린과 네빌이 다가오며 축하의 인사를 건넸다.

"오빠, 축하해."

"도련님, 정말 축하드립니다. 이건 우리 가문에 있어서 정말 큰일을 하신 것입니다."

"고, 고마워."

아크는 엉겁결에 말을 한 후, 뒤에 서 있는 제이크를 바라보았다. 제이크는 아크와 눈이 마주치자 고개를 살짝 끄덕여 주었다. 그리고 여기 오기 전 제이크와 나눴던 이야기를 떠올렸다.

"이게 어떻게 된 것입니까?"

"뭐가 말입니까?"

아크는 강하게 물었다. 하지만 제이크는 별일 아니라는 듯 받아들였다.

"제, 제가 왜 왕국의 기사 칭호를 받아야 하는 것입니까? 이그나탈은 제가……."

아크가 그 말을 할 때, 제이크가 그의 입을 막았다.

"그게 무슨 상관입니까? 어쨌든 이그나탈의 일곱 제자를 쓰러뜨리지 않았습니까."

"그거야……."

"게다가 이런 것이 오히려 모양이 좋습니다."

"모양이 좋다니, 그게 무슨 말씀입니까? 그래도 이건 아니지 않습니까?"

"후우, 누가 받는 것이 뭐가 중요합니까. 어쨌든 이그나탈은 죽었고, 그 보상을 처남이, 아니, 우리 가문이 받는 것이 더 중요한 것이지요."

"하, 하지만……."

"깊게 생각지 마십시오. 어차피 왕국에서도 이그나탈이 눈엣가시였고, 신성제국은 더했겠죠. 그런 이그나탈을 처리해 준 것만으로 왕국에서는 큰일입니다. 게다가 처남께서는 이미 그 경지에 올라선 것 아닙니까?"

"무슨 경지……."

"그랜드 마스터."

제이크의 말에 아크의 눈빛이 반짝였다. 제이크의 말대로 아크는 그 경지에 들어선 것이었다. 비록 이제 막 그 경지에 올랐지만, 확실히 맞는 말이었다.

아크가 아무런 말을 하지 않자 제이크는 계속해서 말을 이어갔다.

"아무튼 왕국에서는 그랜드 마스터를 그냥 둘 수 없었을 것입니다. 아마 당장에라도 왕국의 수호 기사로 데려갈 생각일 것입니다. 하지만 처남은 그럴 생각이 없겠죠?"

"다, 당연하지 않습니까. 동생을 얼마 만에 만났는데."

"그러니 이참에 그냥 왕국의 기사 칭호를 받으세요. 그래야 동생에게도 도움이 될 것입니다. 게다가 왕국의 기사 칭호를 받은 처남이 이 영지에 있다면 얼마나 힘이 되겠습니까. 주변 영지에서도 감히 딴마음을 품지 못할 것이 아니겠습니까."

제이크의 말을 들은 아크는 자신도 모르게 수긍되는지 고개를 끄덕였다.

"그래요, 그렇게 생각을 하세요. 그깟 칭호가 무슨 소용이겠냐마는 그래도 그 칭호 하나로 우리 영지는 큰 힘을 얻게 되는 것이나 다름이 없습니다. 그리고 그런 기사가 우리 영지의 기사단장이 된다고 생각해 보십시오. 기사들의 사기는 아마 엄청날 것입니다."

제이크의 말을 들은 아크는 모든 것이 당연하다는 생각

에 고개를 끄덕였다. 제이크는 정말이지 모든 것을 내다보는 듯하였다.

"그러니 아무 부담 갖지 마시고, 왕국의 기사 칭호를 받아들이세요. 영지를 위해서, 아니, 아이린을 위해서 말입니다."

제이크의 말은 묘한 설득력이 있었다. 그래서 아크는 어쩔 수 없이 그 제안을 받아들였다. 그 뒤에서 제이크가 적극적으로 밀어주었다.

그렇게 왕국의 기사 칭호를 받을 수 있었다. 모두의 축하를 받은 아크는 어색한 미소를 지으며 고개를 끄덕여 주었다.

영지에서는 오랜만에 축하 파티가 열렸다. 저택을 개방해 마을 사람들까지 불러서 음식과 술을 베풀었다. 저택은 오랜만에 많은 사람들로 붐비게 되었다.

어느덧 날이 저물고, 밝은 보름달이 하늘에 둥실 떠 있었다.

그때까지 저택 앞마당은 환한 불빛이 가득했다. 여기저기 웃음소리와 노랫소리가 끊이지 않았다. 삼삼오오 모여 이야기꽃을 피우고, 구석진 자리에서는 기사가 여자들이 밀담을 나누기도 하였다.

그렇게 밤은 깊어만 가고 있었다.

그들과 달리 홀로 난간에 걸터앉아 포도주를 마시고 있는 제이크가 있었다. 그는 사람들과 어울리지 않은 채 홀로 사색에 잠겨 있었다.

그때, 발소리가 들려왔다.

제이크의 고개가 자연스럽게 발소리가 들린 쪽으로 향했다.

"응?"

제이크는 다가오는 사람이 다름 아닌 아크라는 것을 알고 살짝 놀란 눈이 되었다. 아크는 제이크 옆에 서며 말했다.

"여기서 뭐하십니까?"

"후후후, 그냥 혼자 있는 것이 좋아서 말이죠."

"그래도 사람들과 어울리는 것이 좋지 않습니까?"

"전 그런 것에 아직 익숙지가 않습니다."

제이크는 그리 말을 하며 시선을 다시 정면으로 돌렸다. 아크도 더 이상 말을 하지 않고 제이크와 같은 방향을 바라보았다.

그렇게 두 사람 사이에 잠깐의 침묵이 흘렀다. 그리고 얼마 지나지 않아 아크가 먼저 입을 열었다.

"제가 이곳에 있는 것이 불편하지 않습니까?"

"뭐가 불편합니까, 아이린의 오빠이신데. 하물며 이제 기사단장이지 않습니까."

"그래도 전 신성기사였습니다. 당신과 전……."

"상관없습니다. 저에게는 아무런 영향도 끼치지 않습니다. 무엇보다 전 아이린이 저리 기뻐하는 것이 좋습니다."

제이크의 말에 아크가 슬쩍 미소를 지었다.

"그러시군요."

"게다가 이제 처남이 아이린 곁에 있으니 저의 맘이 한결 편해지는 것 같습니다."

제이크의 말을 듣는 순간, 아크의 눈빛이 살짝 바뀌었다. 그는 굳어진 얼굴로 고개를 돌려 제이크를 바라보았다.

"그게 무슨 말씀입니까?"

제이크도 고개를 돌려 아크를 바라보았다.

"아무래도 한동안 영지를 떠나 있어야 할지도 모르겠습니다. 그러니 처남이 당분간 아이린 곁에 있어줘야 할 것 같습니다."

제이크의 말에 아크의 미간이 찡그러졌다.

"마계로 가는 것입니까?"

"네. 휴가가 끝났으니 복귀해야죠."

"설마 이대로 마계로 도망치는 것은 아니죠? 처자식을 버리고······."

아크는 점점 더 얼굴이 무겁게 굳어지며 말을 하였다. 제이크는 그런 아크의 맘을 아는지 피식 웃으며 고개를 가로저었다.

"전 저렇게 환하게 웃는 아이린을 지켜줄 것입니다. 아니, 울리지 않을 것입니다. 그런 아이린을 닮은 제 아이를 버릴 수 있을 것이라 여기십니까?"

오히려 제이크가 되물었다. 아크는 그런 제이크를 뚫어져라 바라보았다. 마치 제이크의 내면을 확인하려는 듯하였다.

그러다가 고개를 천천히 돌렸다.

"아니요. 절대 그럴 사람이 아니라는 느낌이 듭니다."

"그럼 그 느낌을 믿으십시오."

"하지만 만에 하나라도 돌아오지 않는다면, 제가 마계까지 찾아가 당신을 끌고 올 것입니다."

"후후후, 꼭 그렇게 하십시오. 하지만 절대 그럴 일은 없을 것입니다."

제이크가 다짐을 하듯 말을 하였고, 아크는 천천히 고개를 끄덕였다.

3

남부의 일을 지켜보는 젤만 공작은 여간 기분이 언짢은 것이 아니었다. 아니, 지금 벌어지고 있는 모든 것이 불만이었다.

"이런 젠장, 하나같이 제이크, 제이크하는군."

젤만 공작은 올라온 보고서를 보며 이를 뿌드득, 갈았다. 제이크 백작가를 어떻게든 집어삼키기 위해 뒤에서 암암리에 베이런 후작가를 지원했었다. 하물며 애지중지 키운 자신의 딸까지 줘가며 지원했는데, 돌아온 것은 큰 실망감뿐이었다.

"빌어먹을, 지금 하필 이런 때에 왕국의 기사라니? 게다가 그년의 오빠라니. 이게 도대체 말이 되는 소린가?"

젤만 공작은 탁자를 내려치며 소리를 질렀다. 게다가 왕국의 기사 칭호를 받은 이가 아이린의 오빠이니, 돈으로 데려오려고 해도 그럴 수가 없었다.

이래저래 마음에 들지 않는 젤만 공작이었다. 그는 사나운 얼굴로 앞에 앉아 있는 베이런 후작을 바라보았다. 베이런 후작은 조용히 눈을 감고 있었다.

"이보게, 그렇게 가만히 있지 말고 무슨 말이든 해보게. 이렇게 자꾸 제이크 백작가가 크는 것을 지켜볼 참인가?"

젤만 공작의 말에 베이런 후작이 눈을 떴다. 그러자 그의 눈이 반짝이며 빛이 쏟아져 나오는 것 같았다.

"설마 제가 가만히 지켜보기만 하겠습니까?"

베이런 후작의 말에 젤만 공작의 눈빛도 반짝였다.

"그럼 자네에게 좋은 계획이 있다는 말인가?"

"후후후, 계획이라……. 그냥 지켜보면 될 것입니다."

"지켜보면 된다?"

"그렇습니다. 지켜보면 자연스럽게 아이린의 오빠를 처리할 수 있을 것입니다."

"그게 무슨 말인가, 좀 자세히 말해보게."

젤만 공작은 답답한지 어서 말해보라며 재촉하였다. 그에 베이런 후작이 피식 웃으며 말했다.

"신성제국."

"신성제국?"

"네, 그렇습니다. 아이린의 오빠 아크는 바로 신성제국에 등록된 신성기사였습니다. 아니, 아직도 신성기사란 직함이 있지요. 그래서 따지고 보면 신성제국에 속한 기사란 말이 됩니다."

베이런 후작의 말에 젤만 공작의 표정도 어느새 풀어져 있었다.

"크크크, 그렇군. 그놈이 신성기사였군. 그렇다면 얘기가 달라지지."

젤만 공작은 베이런 후작이 무슨 말을 하는지 이해하였다.

"자세히 설명해 보게."

"네. 신성제국에 속한 기사가 왕국의 기사 칭호를 받았다. 아마도 신성제국에서 그 사실을 안다면 가만있지는 않을 것입니다."

"그렇지. 암, 그럴 것이야."

젤만 공작도 호응을 해주며 박수를 쳤다. 그에 베이런 후작의 설명은 계속해서 이어졌다.

"그래서 제가 슬쩍 조사를 좀 해보았습니다."

"조사?"

"네, 신성제국 쪽에 저의 사람이 좀 있습니다."

"오호, 그래? 자네, 제법이구만."

젤만 공작은 한 번 실패를 했지만 그래도 믿음직한 베이런 후작의 모습에 흐뭇한 얼굴이 되었다. 자신의 딸을 준 것이 다시 한 번 잘한 일이라고 느끼는 순간이었다.

베이런 후작은 자신이 조사해 온 것에 대해 젤만 공작에게 알려주었다.

"일단 신성제국에 속한 성기사는 예외 없이 국가에 귀속될 수 없다고 합니다. 또한 그 녀석은 신성제국에서도 제법 잘나가는 기사라고 합니다. 그럼 더욱 신성제국에서 녀석을 잡으려고 할 것이 아닙니까."

"음, 그렇겠군. 하나 그 녀석도 가만히 있지는 않을 텐데?"

"후후후, 이미 신성제국의 성기사가 될 때, 각서를 썼다고 합니다. 성기사가 된 후 신성제국에 속한다고 말입니다. 그래서 그 녀석은 입도 뻥긋 못할 것입니다. 그 점에 대해서는 심려 마십시오."

베이런 후작의 말에 젤만 공작이 고개를 끄덕였다.

"계속 설명해 보게."

"네. 일단 다음으로 넘어가 보면, 각서에 이런 것도 있습니다. 만약 다른 국가에 귀속될 경우, 막대한 배상금을 물어야 한다."

"배상금?"

"네, 그렇습니다. 아마도 제법 잘나가는 기사였으면 그 배상금 또한 엄청날 것입니다."

"크크크, 그렇겠군. 게다가 짠돌이 국왕이 그 돈을 낼 리도 없고 말이지."

"그렇습니다. 아마도 제이크 백작가에게 떠넘길 것이 분명

합니다. 어쨌든 지금은 제이크 백작가의 사람이니 말입니다."

"오호, 그렇군. 그렇다면 문제는 제이크 백작가가 그만 한 돈이 있는가인데……."

젤만 공작이 은근슬쩍 말끝을 흐리며 베이런 후작을 바라보았다. 베이런 후작은 이미 예상했다는 듯 곧바로 답을 주었다.

"아마 없을 것입니다. 지금 흡수한 백작령을 키우느라 막대한 자금이 들어가고 있는 것으로 알고 있습니다. 빠듯한 살림에 배상금을 부담한다는 것은 힘든 일이죠."

"그래? 그럼 잘되었군."

"네, 맞습니다. 우리에겐 기회죠. 돈 많은 우리들이 도와준다면 말이죠."

베이런 후작의 말에 젤만 공작의 눈빛이 번쩍였다.

"우리가 도와준다? 그럼 우리는 그에 따른 보상을 원해야겠지."

"당연합니다. 그 보상으로 우리는 광산 채굴권을 되찾아 올 생각입니다."

"오호, 그거 묘안이군. 광산 채굴권!"

젤만 공작은 박수를 치며 좋아했다. 그 얼마나 가지고 싶던 것인가. 오래전부터 눈독을 들이고 있던 것이었다. 그 이유 때문에 자작령뿐만 아니라 백작령까지 삼키려고 했던 것이 아닌가. 하물며 백작령에도 광산이 많았다.

그걸 베이런 후작이 알고 은밀히 뒷공작을 펼치다가 망한 것이 아닌가.

젤만 공작도 욕심이 많았다. 그래서 베이런 후작이 젤만 공작과 손을 잡은 것이 아닌가. 젤만 공작은 돈을 대고, 베이런 후작은 그것으로 다시 백작령을 집어삼키려 하고 있었다.

그렇게 뜻이 맞으니 두 사람이 손을 잡은 것이었다. 그런데 일을 차차 진행시키는 와중에 아크가 등장했다. 게다가 아크는 이그나탈을 쓰러뜨린 그랜드 마스터였다.

"음, 녀석의 거취 문제를 우리가 해결해 준다면, 광산에 대한 권리를 가져올 수 있단 말이지?"

"그렇습니다. 물론 다 뺏어오기는 힘듭니다. 하나씩, 차근차근 뺏어올 생각입니다."

"그럼 아크, 그 녀석이 가만히 있겠는가?"

"그 녀석은 어찌하지 못할 것입니다. 왜냐하면 자신 때문에 광산에 문제가 생겼는데, 쉽게 관여는 못할 것입니다. 만약 그랬다간 오히려 저희가 그 돈을 지불하라고 해버리면……."

"크크크, 그렇군. 그렇게 해서 자연스럽게 광산 수익을 가로채면 되겠군."

"네, 그렇습니다."

"이거 완전히 꿩 먹고, 알 먹고로군."

"네. 일이 뜻대로 진행된다면 말이죠."

베이런 후작은 만약이라는 전제를 걸었다. 그것이 젤만 공작의 심사를 어지럽혔다.

"뜻대로 일이 진행되도록 해야지."

"하지만 제이크 백작은 어디로 튈지 모르는 인간이라……."

베이런 후작이 걱정하는 것은 역시 제이크였다. 그가 어떻게 나올지 정말 알 수가 없었다. 게다가 그의 무력에 대해서도 익히 알고 있지 않은가.

"음, 그 녀석을 꽁꽁 묶어놓으면 좋겠는데……. 아니면 사라져 버렸으면 좋겠고 말이야."

"그렇게만 된다면야 일이 훨씬 쉬워질 것입니다."

"우음……."

두 사람은 잠시 침묵을 이어가며 말이 없었다. 그러기를 잠깐. 젤만 공작이 입을 열었다.

"그 문제는 차차 생각해 보기로 하고, 일단 일을 진행시키도록 하게. 먼저 신성제국의 귀에 들어가야겠지?"

"그 일은 벌써 진행시켰습니다. 아마 조만간 신성제국에서 보낸 서신이 도착할 것입니다."

"그래, 알았네. 자네가 알아서 잘 처리하게. 난 뒤에서 빵빵하게 지원을 해주겠네."

"네, 감사합니다."

Episode 45
젤만 공작의 야심

1

몇 달의 시간이 흘러갔다.

그동안 자작령과 백작령을 잇는 도로가 완성되었고, 각 영지의 치안도 안정이 되었다. 병사들뿐만이 아니라 기사들의 징집도 많이 이루어져 서서히 안정을 찾아가고 있었다.

그러는 사이, 아이린은 쌍둥이를 낳았다. 아들, 딸, 이란성 쌍둥이를 말이다. 제이크는 한 방에 아들과 딸을 낳아서 크게 기뻐하였다.

모든 일이 순조롭게 이루어지고 있었다. 하지만 서서히 시간이 흘러가고, 어느덧 제이크도 시간이 얼마 남지 않았다는 것을 알 수 있었다.

"아아아아함—!"

경비병 한 명이 길게 하품을 하였다. 하늘에는 구름 한 점 없이 따사로운 햇살이 비추고, 살랑살랑 따뜻한 바람이 얼굴을 간질이니 졸음이 쏟아졌다.

"젠장, 더럽게 졸리네."

"그러게. 나도 졸리네."

옆에 있던 동료 경비병도 졸린지 눈을 비비고 있었다.

"이거참, 뭔가 큰일은 없나? 경비는 너무 지루하단 말이야."

"이 사람, 큰일 날 소릴 하는군. 자네 말은 꼭 큰일이 생겼으면 하는 말투구만."

"에헤, 거, 심심해서 말이 헛 나왔네."

"그래도 그러는 것은 아니야."

"알았네, 알았어."

그 경비병은 투덜투덜거리며 다시 정면을 응시하였다. 하지만 한 번 졸리기 시작한 눈꺼풀은 쉽게 올라가지 않았다.

"제기랄, 눈꺼풀이 천근만근이구만."

그러는 사이, 저 멀리서 뿌연 먼지구름이 뭉글뭉글 피어오르고 있었다.

"응?"

경비병은 혹시나 자신이 너무 졸려 잘못 본 것은 아닌 손으로 눈을 비볐다. 그러고 나서 다시 한 번 확인을 하였다. 이번에는 뚜렷하게 먼지구름이 보였다.

"잉? 뭐지? 뭔가 다가오는 것 같은데……."

"그래? 어디? 어디?"

옆의 동료도 확인을 하기 위해 고개를 쭉 내밀었다. 역시 저 멀리서 먼지구름이 일렁거렸다. 잠깐의 시간이 지난 후, 언덕 너머로 마차가 달려오고 있는 것이 눈에 들어왔다.

"마차네. 그런데 저 길은 왕궁으로 통하는 길인데?"

경비병이 의아한 얼굴로 중얼거릴 때, 옆에 있던 경비병의 눈이 크게 떠졌다.

"가, 가만, 저 깃발은……."

경비병 하나가 마차 옆에 꽂혀 있는 깃발을 발견하고 화들짝 놀라는 눈치였다.

"와, 왕궁의 깃발이야."

"엥? 진짜?"

"그래, 정말 왕궁에서 온 마차라고."

"어디, 어디!"

동료 경비병도 재차 확인을 하고서야 진짜 왕궁에서 온 마차라는 것을 알 수 있었다. 그 속도가 얼마나 빠른지 어느새 입구에 다다랐다.

이히히히힝!

마차의 마부는 급히 말의 고삐를 당겨 말을 세웠다. 그러고는 경비병을 향해 소리쳤다.

"왕궁에서 온 전령이다! 어서 문을 열어라!"

외침이 들리자마자 외곽 북쪽 성의 문이 열렸다. 마부는 다시 힘차게 고삐를 내려쳤다.

이히히히힝!

갈색과 검은색의 두 마리 말은 다시 힘찬 울음소리를 내며 달려갔다. 그 말 뒤로 뿌연 먼지바람이 일렁거렸다. 멀어지는 마차를 보며 경비병이 말했다.

"왕궁에서 무슨 일이지?"

"글쎄, 나도 모르겠네. 그보다 어서 경비대장님께 알려야지."

"맞다. 어서 알려야지."

경비병 한 명이 부랴부랴 통신용 비둘기에 뭔가를 담아 날려 보냈다. 그 비둘기는 빠른 속도로 어느 한곳을 향해 날아갔다.

집사 네빌은 여전히 업무에 빠져 있었다.

원래 주인인 제이크는 쌍둥이가 태어난 이후 집무실에는 거의 오지 않았다. 거의 대부분을 쌍둥이와 함께하였다. 업무에 집중하라고 해도 조금 하다가는 어느 순간 다시 아이와 함께 있었다.

그런 일이 계속해서 반복되자 네빌은 아예 포기하였다. 자신의 선에서 처리할 수 있는 일은 그냥 자신이 하였다. 큰 건만 정리해서 직접 찾아가 사인을 받아왔다.

그러다 보니 모든 업무는 네빌이 주관하였다.

"에효, 누가 주인인지 모르겠네. 이러다가 과로사하는 거 아냐?"

네빌은 서류를 정리하면서 번뜩 정신이 들었다. 그는 고개를 세차게 흔들며 중얼거렸다.

"아니지, 나라도 정신을 차려야지."

네빌은 마음을 다잡으며 업무에 집중을 하였다. 그런데 책상 위로 붉은 방울이 한 방울, 두 방울 뚝뚝 떨어졌다. 그것을 발견한 네빌이 의아하게 쳐다보았다.

"응?"

그것도 잠시. 네빌은 그것이 자신의 코에서 떨어지는 피라는 것을 알고 깜짝 놀랐다.

"이크!"

네빌은 즉시 고개를 뒤로 젖히며 손수건으로 코를 막았다. 그러자 목구멍으로 알싸한 피 맛이 느껴졌다.

"제장, 요 며칠 너무 무리를 했던 거야."

하긴 당장에라도 쓰러지지 않은 것이 이상한 거였다. 네빌은 거의 일주일 동안 잠을 네 시간 이상 자본 적이 없었다. 그러니 이렇듯 무리가 오는 것도 어쩌면 당연한 것인지도 몰랐다.

네빌은 자리에서 일어나 창가로 향했다. 코를 막고 있는 하얀 손수건이 붉은색으로 살짝 물들었다. 잠깐의 시간이 흐른 후, 어느 정도 피가 멎자 천천히 손수건을 뗐다. 자신의 피가 묻은 손수건을 바라보며 네빌은 피식 웃었다.

"훗, 아무래도 몸보신 좀 해야겠구나."

네빌은 그리 중얼거리며 손수건을 품속에 넣었다. 그때, 창가를 통해 비둘기가 날아왔다.

"응?"

네빌은 즉시 날아온 비둘기를 잡아 발에 묶인 내용을 확인하였다. 그곳에 적힌 내용은 왕궁에서 온 전령이 방금 북쪽 문을 통과했다는 것이었다.

"왕국의 전령? 무슨 일이지?"

네빌은 곧바로 집무실을 벗어났다.

응접실에서는 네빌이 왕궁에서 온 사자를 접대하고 있었다. 이번에 온 사자는 전에 왔던 사자가 아니었다. 네빌은 사자를 보며 매우 조심스럽게 입을 열었다.

"백작님께서 곧 이리로 오실 것입니다."

"알겠네."

사자가 곧바로 말을 하였다. 네빌은 그를 어림짐작해 보았다.

'왕궁에서 마차를 타고 왔다면 제법 직위가 있는 사람일 것이야. 그리고 옷도 고급 비단으로 되어 있고.'

네빌은 혼자 생각을 하면서 소파에 앉아 있는 사자를 유심히 살폈다. 그러자 그의 손에 들린 두루마리가 보였다.

왕실 직인으로 봉인된 두루마리였다. 그것만 보아도 왕실에서 직접 내려온 두루마리라는 것을 알 수 있었다.

'정말 궁금하군. 소식도 없이 도대체 무슨 일일까?'

네빌이 아무리 생각을 해보아도 특별히 왕실에서 뭔가 올 것이 없었다. 자신들이 잘못한 것도 없고, 매달 세금도 꼬박꼬박 냈다. 그렇다고 좋은 일로 온 것도 아닌 것 같은 느낌이었다.

네빌이 그렇게 중얼거리고 있을 때, 응접실 문이 열리며 제이크가 들어왔다. 그 뒤로 아크와 폴, 필이 들어왔다. 제이크가 들어서자 사자는 자리에서 일어났다.

곧바로 네빌이 제이크를 소개했다.

"이분이 바로 제이크 백작님이십니다. 백작님, 이분은 왕실에서 나온……."

네빌이 막 소개하려고 할 때, 사자가 급히 앞으로 나서며 공손히 인사를 하였다.

"반갑습니다, 백작님. 전 왕실에서 전령 업무를 맡고 있는 키르켈 자작입니다."

"반갑네. 자리에 앉게."

"감사합니다, 백작님."

제이크가 자리에 앉자 맞은편에 키르켈이 앉았다. 그는 다소 젊어 보이는 사내였다. 제이크는 그를 찬찬히 바라보다가 이내 말을 꺼냈다.

"서로 구차하게 안부는 생략하고, 빠르게 용건부터 본론으로 넘어가지."

"하하하, 역시 예상했던 대로 화통하신 분이시군요. 알겠습니다. 이건 왕실에서 직접 내려온 전문입니다. 받으시지요."

키르켈 자작이 손에 들고 있던 두루마리를 제이크에게 내밀었다. 제이크는 그것을 받고 곧바로 봉인을 뜯어 내용을 확인했다.

내용을 읽어 내려가는 제이크의 눈썹이 꿈틀거렸다. 안색이 점점 굳어져 가는 것이, 역시나 좋지 않은 내용이었다. 모든 것을 다 읽은 제이크가 살짝 굳어진 얼굴로 물었다.

"이것이 왕실의 생각인가?"

"아마도 그럴 것입니다."

"다른 것은 없고?"

"전문을 전하는 말단인 제가 전하의 진위를 어찌 알겠습니까. 전 그저 전하께서 말씀하신 대로 전하는 것뿐입니다."

키르켈은 자연스럽게 말을 하였다. 그도 어느 정도는 알고 있는 듯했지만, 자세한 것은 모르는 것 같았다.

"아, 한 가지 더 있습니다."

"뭔가?"

"왕국의 기사 칭호를 받으신 아크 기사님께서는 저희 왕궁의 소중한 분이시라는 말씀을 하셨습니다."

그 말을 들은 제이크의 미간이 찡그러졌다.

"그리 말하지 않아도 된다."

제이크는 노골적으로 자신이 화가 났다는 것을 표출하였다. 그러자 키르켈은 어색한 웃음을 흘리며 말했다.

"하하하, 제가 주제넘었습니다. 죄송합니다."

"아니, 됐다. 어차피 자네도 말을 전하는 것뿐이니 말이다."

"이해해 주시니 감사할 따름입니다."

"이해는 무슨……."

"네에?"

"아니, 어쨌든 먼 길을 왔으니 여기서 며칠간 쉬다가 돌아가."

"안 그래도 그럴 참이었습니다."

키르켈 자작은 방긋 웃으며 말을 하였다. 제이크는 저런 웃음이 기분이 나빴다. 그는 고개를 돌려 네빌을 보았다. 네빌은 곧바로 고개를 끄덕였다.

"바로 준비하도록 하겠습니다."

"네빌 집사가 머물 곳으로 안내해 줄 것이네."

"네, 알겠습니다. 그럼."

키르켈 자작이 자리에서 일어나 고개를 숙여 인사를 하였다. 제이크도 고개만 살짝 끄덕여 주었다.

"절 따라오시지요."

네빌 집사가 공손하게 말을 하였다. 키르켈 자작은 고개를 끄덕인 후, 네빌 집사를 따라 응접실을 나갔다. 두 사람이 나가고 홀로 남은 제이크는 두루마리를 펼쳐 다시 확인하였다.

그러고는 처음부터 다시 다 읽어본 후, 깊은 한숨을 내쉬며 중얼거렸다.

"후우, 젠장. 500만 골드라니……."

2

집무실에는 제이크, 네빌 집사, 아크가 앉아 있었다. 그들의 표정은 매우 좋지 않았다. 특히 아크는 어이가 없다는 얼굴이었다.

"이건 말도 안 돼! 내가 무슨 물건인가?"

"그렇지만 도련님께서도 동의를 한 것으로 알고 있는데요."

"그랬지, 그때는…… 간절했으니까. 하지만…… 그런 조항이 있는 줄도 몰랐다니까?"

"이해합니다. 하지만 이미 벌어진 일이고, 우린 이 일을 빠르게 처리해야 합니다."

네빌 집사가 침착하게 말을 하였다. 아크는 두 손으로 자신의 머리를 감싸며 괴로워하였다. 그러다가 자리에서 벌떡 일어나며 말했다.

"내가 해결하겠어."

"어떻게?"

가만히 침묵을 지키고 있던 제이크가 입을 열었다. 아크의 시선이 제이크에게 향했다. 그는 당연하다는 듯 말을 하였다.

"당연히 신성제국에 가야지."

"가서?"

"이거 말도 안 된다, 난 그런 것에 합의한 적 없다, 난 물건이 아니다."

"그렇게 말을 하겠다?"

"당연합니다. 난 납니다."

"그렇군요. 그럼 신성제국에서 '아, 서류상으로 착오가 있었던 모양입니다. 없던 것으로 해주겠습니다' 그리 말할 것 같습니까?"

제이크의 직설적인 말에 아크는 순간 당황하며 말을 얼

버무렸다.

"그, 그건……."

"하물며 그랜드 마스터라는 실력을 가진 자를 쉽게 놓칠 것 같습니까? 신성제국이 바보인 줄 압니까?"

"……."

제이크의 말에 아크는 아무런 말도 할 수 없었다. 아크도 바보가 아닌 이상 신성제국에서 자신을 쉽게 놓아줄 것 같지는 않았다. 그렇다고 그랜드 마스터인 자신을 그냥 타국에 넘겨줄 것 같지도 않고 말이다.

아크가 조용히 자리에 앉았다. 네빌 집사가 그런 아크를 보며 조심스럽게 말했다.

"걱정 마십시오. 잘 처리할 것입니다."

"하지만 500만 골드를 어디서 구해?"

"500만 골드라니요?"

모두의 시선이 소리가 들린 방향으로 돌아갔다. 그곳에는 아이린이 들어와 있었다. 곧바로 제이크가 일어나 아이린에게 말했다.

"어서 와. 좀 늦었네."

아이린이 천천히 다가오며 힘들어하는 표정을 지었다. 그녀는 제이크 옆으로 다가와 소파에 털썩 앉았다.

"미안해요. 안나와 도니가 쉽게 잠들지 않아서요. 겨우 재우긴 했는데……."

아이린은 이란성 쌍둥이 안나와 도니를 재우느라 진땀을 뺀 모양이었다. 하지만 그녀는 어머니였다. 어머니는 강하다는 것을 몸소 보여주고 있었다.

"그래도…… 잘 재웠죠. 아자!"

한 팔을 들어 올리며 파이팅 넘치는 모습을 보여주었다. 그러기를 잠깐. 그녀는 들어오면서 들었던 500만 골드에 대해서 물었다.

"그것보다 500만 골드는 무슨 소리죠?"

그 말에 아크는 저도 모르게 미안한 얼굴이 되었고, 제이크는 자세를 바로잡으며 팔짱을 꼈다. 그리고 네빌 집사가 말없이 두루마리를 아이린에게 건네주었다.

"이게 뭐죠?"

두루마리를 건네받은 아이린이 물었다. 그러자 네빌 집사가 조용히 말했다.

"우선 읽어보시죠."

아이린은 의아한 얼굴로 두루마리를 펼쳐 내용을 확인하였다. 읽어 내려가는 아이린의 얼굴이 급격히 어두워졌다. 그리고 왜 500만 골드라는 말이 나왔는지 이해가 되었다.

"그러니까, 제가 읽은 것이 이거 맞죠? 신성제국의 성기사인 아크 오빠를 제이크 백작가에 귀속시킨다. 그 대신 배상금 500만 골드를 신성제국에 보내라. 정확한가요?"

아이린이 혹시 자신이 잘못 읽었는지 다시금 물었다.

"네, 맞습니다."

곧바로 네빌 집사가 답해주었다.

"미안하다, 아이린…… 오빠는……."

"쉿, 쉿. 오빠가 왜 미안해? 그러지 마. 우리가 해결하면 되는 거야."

아이린이 조용히 아크를 달래며 말을 하였다. 그녀는 두루마리를 다시 접어 앞의 탁자 위에 올려놓았다. 그러고는 무심하게 옆에 앉아 있는 제이크를 바라보았다. 제이크도 아이린을 바라보았다.

"당신은 어쩔 생각인가요?"

"내 생각이 곧 당신 생각이야."

"고마워요. 그럼 이 일은 저희가 처리하는 것으로 하죠. 네빌 집사."

"네, 마님."

"현재 저희가 보유하고 있는 돈이 얼마나 되죠?"

"현재 저희가 보유하고 있는 돈은 100만 골드가 전부입니다. 그마저도 각종 훈련 비용 및 발전 등으로 소진되어야 하기 때문에 유통 가능한 돈은 절반밖에 되지 않는다고 봐야 합니다."

"그렇군요."

아이린은 사실 어렵다는 것은 알고 있었지만, 이렇듯 직접 들으니 더욱 답답하였다. 그녀는 몹시 어두워진 얼굴로 조용히 물었다.

"어디서 돈을 구할 데는 없을까요?"

"……죄송합니다."

"괜찮아요. 네빌 집사가 여러모로 고생하고 있다는 것을 잘 알고 있어요."

"마, 마님……."

아이린이 살짝 미소를 짓고는 제이크를 바라보았다. 혹시라도 방법이 있는지 그의 의향을 묻기 위함이었다. 하지만 제이크도 뾰족한 답이 없었다. 마계에서 혹시나 싶어서 가지고 나온 보석들은 이미 모두 꺼내놓았다.

그것을 팔았기 때문에 두 영지가 이만큼 발전할 수 있던 것이었다. 그녀도 그것을 잘 알고 있기에 더 이상 바라볼 수가 없었다.

집무실에서는 한동안 침묵만이 맴돌았다. 그 누구도 선뜻 답을 꺼내지 못하였다. 더욱 답답한 것은 제이크였다. 그냥 지금 당장이라도 신성제국에 쳐들어가 박살 내고 싶은 심정이었다.

그 전제로 바로 자신의 마계 군대가 있으면 가능한 일이지만 말이다. 거기까지 생각이 미치자 절로 인상이 찡그려졌다. 천하의 제이크도 돈 문제에 이르자 어찌하지를 못했다.

"젠장, 그냥 쳐부수는 것이 쉽겠네."

무심코 튀어나온 말이지만, 주변에 있는 사람들을 깜짝 놀라게 하기에는 충분하였다.

　"제이크 님!"

　"매제!"

　"여, 여보!"

　세 사람이 동시에 제이크를 보며 소리쳤다. 그런 그들의 시선을 받은 제이크는 어색한 웃음을 보이며 말했다.

　"답답해서 그런 거야, 답답해서."

　"그래도 그런 말은 하지 말아요."

　"알았어, 미안."

　제이크가 아이린을 달래며 사과를 하였다. 그러던 중 아크가 자리에서 일어났다. 그의 행동에 의문을 가진 세 사람의 눈빛이 동시에 향했다.

　"오빠?"

　"아크 님?"

　"……?"

　아크는 그들의 시선을 받으며 조용히 말했다.

　"10년 만에 찾아와서는 이렇듯 동생에게 폐만 끼치고……. 그냥 내가 신성제국으로 돌아가면 그 돈 주지 않아도 되잖아. 그리고 아이린이 이렇듯 결혼해서 엄마도 되고, 잘사는 모습을 봤으니 됐어. 내게 미련은……."

　아크는 애써 담담하게 말을 하고 있지만, 어느덧 눈가에

촉촉하게 눈물이 맺히고 있었다. 더 이상 말을 잇지 못하고 몸을 돌린 아크가 천천히 걸음을 옮기려 하였다.

그때, 그를 붙잡는 아이린과 제이크가 있었다.

"오빠!"

"또 도망치는 건가?"

그 말에 몸을 돌린 아크가 소리쳤다.

"도망이라니. 아니야!"

"그럼 잔소리 말고 가만히 있어. 내가 어떻게 해서든지 해결할 테니."

"그래요, 오빠. 우리가 해결해요."

"어떻게? 그 큰돈을 어디서 구한단 말이야."

"빌리면 돼요, 빌리면……."

아이린이 말했다. 아크의 눈빛이 바뀌었다.

"그 큰돈을 빌릴 곳이 있어?"

"있어요."

아이린의 얼굴이 굳어지며 말했다. 그런 아이린을 보며 네빌 집사가 깜짝 놀랐다.

"서, 설마, 마님……."

"네, 젤만 공작가라면 그만한 돈이 있을 거예요."

"하지만 젤만 공작가는……."

네빌 집사가 굳어진 얼굴로 말을 하려다가 아이린이 고개를 저으며 말했다.

"알아요. 그 젤만 공작이 어떤 사람인지 말이에요. 그리고 그가 뭘 원하는지도 알아요. 우린 그것을 담보로 하면 돈을 빌릴 수 있을 거예요."

아이린이 말을 하는 것을 가만히 듣고 있던 아크가 자리에 앉으며 조용히 물었다.

"담보? 어떤 것을?"

그러자 아이린이 그를 바라보며 말했다.

"광산 채굴권."

"헉! 그, 그것을 담보로 한단 말이야?"

"네. 그만한 담보가 아니면 젤만 공작이 돈을 빌려주지 않을 거예요."

"그건 안 돼! 어떻게 그것을 지켰는데……."

아크가 심각해진 얼굴로 말했다. 그러자 아이린이 그의 손을 잡았다.

"괜찮아, 오빠. 돈만 빌리는 거야. 광산 채굴권을 넘기는 것이 아니라고."

"그렇지만 마님, 젤만 공작도 광산 채굴권을 노리고 있다는 소문이 파다합니다. 이것은 고양이에게 생선을 맡기는 것과 진배없습니다."

"알아요, 그러나 방법은 그것밖에 없어요."

"더 좋은 방법이 있을 것입니다. 그러니……."

네빌 집사가 안타깝다는 듯이 말을 했지만, 막상 다른 방법은 떠오르지 않았다.

"괜찮아요. 딱 반년이에요. 반년 안에 이자를 포함해 원금을 갚으면 돼요. 그 안에 영지를 안정시키고 광산을 최대한 발전시키면 돼요. 그다음은 제이크 님이 지켜줄 거예요."

아이린이 말을 함과 동시에 제이크를 쳐다보았다.

"그렇죠, 당신?"

제이크가 고개를 끄덕이며 말했다.

"그래, 그것이 내가 할 일이니까. 방법이 그것뿐이라면 그렇게 하지."

"고마워요. 그럼 그렇게 준비할게요. 네빌 집사."

"네, 마님."

"그리 준비해 주세요."

"알겠습니다."

대답을 하는 네빌 집사도 더 이상 어쩔 수 없다는 것을 알았다. 그리 큰돈을 빌릴 수 있는 곳도 현재로서는 젤만 공작가밖에 없다는 것을 잘 알았다.

아크는 잔뜩 굳어진 얼굴로 고개만 푹 숙이고 있었다. 자신 때문에, 자기 때문에 동생을, 가문을 또 어렵게 만들고 있다는 자책감에서 헤어 나오지 못했다.

"오빠……."

아이린은 그런 오빠의 맘을 알기에 섣불리 위로의 말을

건네지 못하였다. 그저 조용히 손을 잡아줄 뿐이었다.

"오빠, 괜찮아. 걱정 마. 오빠는 가족이잖아. 우리는 충분히 이 난관을 극복할 수 있을 거야."

"그래, 처남. 걱정하지 마. 안 되면 까짓것 마계에서 내 군대를 데려와서 신성제국을 밀어버리면 되는 거야."

"여보!"

그 소리에 아이린이 눈을 흘기며 제이크를 불렀다.

"왜?"

"지금 이 상황에서 그런 말이 나와요?"

"진짠데……."

"그만 됐어요. 어쨌든 이번 일은 그리 처리하는 것으로 해요."

이 모든 상황을 아이린이 정리를 하였다. 네빌 집사가 조용히 자리에서 일어나 집무실을 나갔다. 이제 그가 할 일은 젤만 공작에게 보낼 서신을 작성하는 일이었다.

아이린도 자리에서 일어났다.

"쌍둥이에게 가봐야 할 듯해요. 너무 오래 자리를 비운 것 같아서……."

"어, 그래."

제이크가 고개를 끄덕였다. 그때, 아이린이 제이크에게 눈짓을 보냈다.

'당신이 오빠를 좀 위로해 주세요.'

'알았어. 걱정 마.'

제이크도 그녀의 눈빛을 읽고 고개를 끄덕였다. 아이린은 고개를 푹 숙이고 있는 아크를 보며 살짝 안쓰러운 눈빛이 되었다. 그러다가 이내 몸을 돌려 집무실을 나섰다.

이제 집무실에는 제이크와 아크, 둘밖에 남지 않았다. 아크는 자신 때문에 일이 커진 것에 대해 큰 자책감에 빠져 있었다. 그런 아크를 보며 제이크가 입을 열었다.

"이봐, 처남."

제이크의 부름에 아크가 천천히 고개를 들었다. 제이크는 그런 아크를 보고 히죽 웃으며 말했다.

"술 한잔하지."

3

"음, 좋구나."

햇볕이 따뜻하게 내리쬐는 정오.

젤만 공작은 오랜만에 야외로 나와 뒤쪽에 있는 자그마한 동산에 올랐다. 젤만 공작은 수행원 몇 명만 데리고 이곳에 올라왔다.

그곳에서 자신의 영지를 내려다보며 흐뭇한 얼굴이 되어 있었다. 그 옆에는 다르나 자작이 서서 함께 아래를 내려다보고 있었다.

"다르나 자작."

"네, 공작님."

"보이는가, 저 방대하게 펼쳐진 곡식의 향연이 말이야."

"네, 보입니다."

젤만 공작이 바라보는 곳으로 다르나 자작의 시선이 향했다. 끝이 보이지 않는 넓은 평야에 누런 밀이 바람에 살랑살랑거리며 풍요롭게 자라고 있었다.

"저렇듯 나의 대지는 황금빛으로 물들고, 나의 곡식 창고는 셀 수 없을 만큼 쌓이고 있네. 다른 영지에 비하면 나는 참 복이 많은 사람이야."

"그렇습니다. 공작님이야말로 하늘에서 내려준, 타고난 복을 가지고 계십니다."

"자네도 그리 생각하나?"

"당연합니다."

"그런데 말이야, 곡식 창고에 곡식이 차곡차곡 쌓여가면 마음이 풍요로워야 하는 것이 정상인데, 허전해지는 것은 왜일 것 같나?"

젤만 공작의 물음에 다르나 자작은 고개를 갸웃하며 쉽게 답을 내지 못하였다. 그러자 젤만 공작이 천천히 고개를 돌려 다르나 자작을 바라보았다.

"그건 말이야, 저기에는 넓은 평야만 있을 뿐, 그 흔한 산 하나가 보이지 않는단 말이야. 푸르고 아름다운 산 말이야. 그 산속에 숨어 있는 미지의 광물들! 그것만 내 손에 있다면 정말 내 맘이 풍요로워질 것인데 말이지."

다르나 자작은 그제야 무슨 말을 하는지 깨달았다. 그는 희미하게 미소를 지으며 조용히 말했다.

"아마도 조만간 그 마음을 채울 소식이 전해질 것입니다."

"알아, 알고 있네. 그래서 내가 오늘 이렇듯 이곳에 올라오지 않았나. 내가 어제 아주 좋은 꿈을 꿨거든. 그러니까, 꿈속에서 말이야, 저쪽으로 아주 높은 산들이 불쑥 솟아오르는 것이 아닌가."

젤만 공작이 북쪽으로 손을 가리키며 말했다. 다르나 자작의 시선도 젤만 공작의 손을 따라 움직였다. 그곳으로 시선이 향한 다르나 자작의 입가로 미소가 스르륵 번졌다.

그곳은 바로 제이크 백작가의 영지가 있는 곳이었다.

"그렇군요. 아마도 그 꿈대로 이루어질 것입니다."

다르나 자작의 말을 들은 젤만 공작의 입가에도 흡족한 미소가 번졌다.

"그래, 그래야지."

젤만 공작이 고개를 끄덕이며 다시 시선을 돌렸다. 그때, 언덕 아래에서 말을 탄 기사가 급히 달려오고 있었다. 그는 급히 말에서 내려 젤만 공작에게 다가갔다.

"공작님, 제이크 백작가에서 서신이 도착했습니다."

그 말을 듣는 순간, 젤만 공작은 고개를 끄덕이며 말했다.

"역시 어제 꾼 꿈이 좋은 꿈이었어."

"아마도 그런 것 같습니다. 미리 축하드립니다."

다르나 자작은 곧바로 아부를 하며 말을 하였다. 젤만 공작은 그런 다르나 자작의 행동이 싫지 않은 듯 미소를 띠며 고개를 끄덕였다.

"그럼 어디 내려가서 확인을 해볼까?"

"네, 그리하시지요."

다르나 자작이 허리를 살짝 숙이며 옆으로 물러났다. 젤만 공작은 뒷짐을 진 채 마차에 올랐다. 젤만 공작이 탄 마차는 말들의 긴 울음소리와 함께 공작가를 향해 빠르게 내려갔다.

집무실에 도착을 한 젤만 공작은 자신의 책상 위에 놓인 서신을 확인했다. 제이크 백작가의 직인으로 봉해진 것을 확인한 그는 느긋하게 자리에 앉았다.

"후후후, 예상대로 서신이 왔군."

젤만 공작은 곧바로 서신을 뜯지 않았다. 그는 서신의 내용을 보지 않아도 알고 있는 듯 말했다.

"그럼 어디 서서히 쪼여볼까?"

젤만 공작의 눈빛이 한순간 반짝이며 말했다. 그때, 다르나 자작이 들어왔다. 그는 공손한 자세로 젤만 공작 옆에 섰다.

"다르나 자작."

"네, 공작님."

"이번에 자네가 제이크 백작가에 다녀와야겠네. 내가 적어준 서신을 들고 말이야."

"후후후, 그리하도록 하겠습니다."

다르나 자작이 허리를 숙여 인사를 한 후, 곧바로 집무실을 벗어났다. 그는 제이크 백작가로 떠날 채비를 할 것이다. 그사이 젤만 공작은 펜에 잉크를 찍어 종이에 뭔가를 적기 시작하였다.

그렇게 약 20여 분의 시간이 흐르고, 펜을 내려놓은 젤만 공작은 서신의 내용을 다시금 확인한 후 고이 접었다. 그러고는 자신의 직인을 꺼내 서신을 봉하였다.

"자, 그럼 토끼 굴에 불은 놓았고, 이제 서서히 알아서 나오기만을 기다리면 되는 것인가? 크크크."

젤만 공작의 음산한 웃음이 집무실 가득 울려 퍼졌다.

서신을 보낸 지 약 보름의 시간이 흘렀다.

그리고 일주일 전에 젤만 공작가에서 사람을 보냈다는 서신을 받은 후 이렇듯 네빌 집사가 현관까지 나와서 대기하고 있었다.

"도착할 때가 되었을 텐데……."

네빌 집사가 정문을 바라보며 중얼거리고 있을 때, 마침 그곳에서 뿌연 먼지가 일렁였다.

"왔군."

네빌 집사는 그렇게 혼잣말을 중얼거린 후, 곧바로 도착할 사람에 대해 준비를 하였다. 잠깐의 시간이 흐르고, 마차가 바로 코앞에 도착을 하였다.

마차 문이 열리고 그곳에서 다르나 자작이 내렸다. 네빌 집사는 공손하게 인사를 건네며 말을 하였다.

"어서 오십시오. 기다리고 있었습니다."

"음, 반갑네. 그보다 백작님은?"

"이미 응접실에서 기다리고 계십니다."

"알겠네. 그리 안내하게."

"네. 절 따라오십시오."

네빌 집사가 앞장을 서고, 그 뒤를 다르나 자작이 따랐다. 그는 건물에 들어서자 뒷짐을 진 채 주위를 두리번거리며 내부를 확인하였다.

그런데 그 흔한 그림이나 장식품들이 없었다. 건물 내부가 화려할 것이라 생각했는데, 자신의 착각이었던 모양이다.

"간소하군."

다르나 자작의 중얼거림에 앞에서 걷고 있던 네빌 집사

가 곧바로 말했다.

"네, 백작님께서 워낙에 화려한 것을 좋아하지 않으셔서 말입니다. 마님께서도 마찬가지시고요."

"그래? 으음, 의외군."

"하하하, 저도 그리 생각합니다. 자, 다 오셨습니다."

네빌 집사가 어느새 응접실에 멈춰 섰다. 다르나 자작도 뒷짐을 지고 있던 손을 풀고 자연스럽게 내렸다. 네빌 집사가 문을 두드렸다.

"네빌입니다."

"들어오세요."

문 안에서 아이린의 목소리가 들려왔다. 네빌 집사가 손잡이를 잡아 천천히 문을 열고는 한쪽으로 물러났다. 다르나 자작이 안으로 들어갔다.

집무실 안에는 제이크, 아크, 아이린이 있었다. 다르나 자작이 들어서자 아이린이 자리에서 일어났다. 제이크는 무심한 눈빛으로 들어온 다르나 자작을 바라볼 뿐이었다. 여전히 소파에 앉은 채로 말이다.

다르나 자작은 응접실 안으로 들어서자 무거워진 공기에 살짝 숨이 막히는 듯하였다. 두 남자가 자신을 바라보는 눈빛이 심상치 않았다. 마치 자신이 오지 말아야 할 곳에 온 듯한 착각이 들었다.

"으음……."

낮은 신음이 절로 나왔다. 그때, 아이린이 자리에서 일어났다. 그녀는 밝게 웃으며 다르나 자작을 맞이하였다.

"어서 오세요."

아이린이 밝게 웃으며 인사하자 무겁게 가라앉아 있던 공기가 어느새 사라졌다. 또한 다르나 자작도 한결 편하게 숨을 쉴 수 있었다.

아이린은 다르나 자작에게 다가가 입을 열었다.

"전 아이린이에요. 이쪽은 저의 남편 제이크 백작님이십니다."

"안녕하십니까, 백작님. 다르나 자작입니다."

다르나 자작의 인사에 제이크는 슬쩍 고개만 까닥할 뿐이었다. 앞으로 내민 자신의 손이 민망할 정도였다. 그는 내민 손을 거두며 어색한 웃음을 지었다.

"그리고 이분은 저의 오빠, 아크라고 합니다."

"아, 그 왕국의 기사 칭호를 얻은 분이시군요. 반갑습니다."

"흥!"

아크도 제이크와 마찬가지로 자신을 차갑게 대했다. 하지만 다르나 자작은 개의치 않았다.

"우선 자리에 앉으세요."

"네. 감사합니다, 마님."

다르나 자작이 자리에 앉았다. 앞에 앉아 있는 아크에게

서 따가운 눈빛을 받아야 했지만 말이다.

"네빌 집사, 차부터 준비해 주세요."

"네, 마님."

네빌 집사가 나가고 아이린도 자리에 앉았다.

"그럼 우선……."

아이린이 입을 열려고 할 때, 제이크가 손을 들었다. 아이린은 의아한 얼굴로 제이크를 바라보았다.

"내가 얘기하지."

"네, 그러세요."

아이린이 조용히 물러났다. 제이크는 다르나 자작을 바라보며 물었다.

"다르나 자작이라고 했지?"

"네. 그렇습니다, 백작님."

"일을 질질 끌지 말고 바로 시작하지. 젤만 공작께서 원하시는 것이 무엇이지?"

제이크의 단도직입적인 말에 다르나 자작은 순간 당황했지만, 이내 웃음을 띠며 말했다.

"하하핫, 당황스럽네요."

그리 말을 하면서 품에서 서신 하나를 꺼내 내밀었다. 그것을 옆에 있던 아이린이 받았다.

"젤만 공작님께서는 일이 원만히 해결되기를 바라십니다."

"일이 원만히 해결되려면 서로 의견이 맞아야겠지."

제이크가 곧바로 답을 하였다.

"그리되길 바랄 뿐입니다."

다르나 자작도 곧바로 말했다.

아이린은 서신을 펼쳐 쭉 읽어 내려갔다. 그러다가 아미를 살짝 찡그렸다. 그녀는 다시 서신을 읽었다. 혹여 자신이 잘못 읽지는 않았는지 확인을 하기 위함이었다.

"젤만 공작님께서 원하시는 것이 이것입니까?"

"네, 그렇습니다."

"하지만 이건 좀……."

아이린은 난감한 얼굴이 되었다. 제이크가 서신을 뺏어 읽어보았다. 그 내용은 광산 채굴권을 담보로 잡되, 50%를 자신들이 채굴할 수 있게 해달라는 것이었다.

이건 정말 말도 되지 않는 억지이며, 날강도 심보였다.

"이거, 완전 날강도구만. 그냥 날로 드시겠다 이거네?"

제이크가 인상을 찡그리며 말했다. 그러자 다르나 자작이 인상을 구겼다.

"백작님, 말이 심하십니다. 그래도 공작님이십니다."

다르나 자작도 자신이 섬기는 이가 날강도라는 말을 듣자 살짝 기분이 나빠졌다. 하지만 제이크는 그런 것을 신경 쓸 위인이 아니었다.

"그래서 뭐? 날강도를 날강도라고 하는데, 뭐가 잘못되었나?"

"그, 그래도…… 윽!"

제이크가 인상을 구기며 째려보자 다르나 자작은 순간 고통이 밀려왔다. 심장을 옥죄는 듯 숨을 쉴 수 없을 정도였다. 그때, 아이린의 음성이 들려왔다.

"여보."

그제야 다르나 자작은 숨을 쉴 수 있었다. 자신의 심장을 옥죄는 압박도 없어졌다.

"허헉, 허헉……."

거친 숨을 몰아쉬며 다르나 자작은 손으로 자신의 심장 부위를 어루만졌다. 아이린은 살짝 인상을 찌푸리며 조용히 말했다.

"50%는 무리입니다. 저희는 이것을 들어드릴 수 없습니다."

아이린의 말에 다르나 자작도 어느 정도 진정이 되었는지 입을 열었다. 한편으로는 앉아 있는 제이크를 두려운 눈으로 바라보았다.

"고, 공작님께서는 거금 500만 골드를 빌려주는 데 그 정도는 잡고 있어야 한다고 생각하십니다. 잘 생각해 보십시오. 무려 500만 골드입니다."

"하지만 그래도 이건 너무합니다. 광산 채굴권의 50%입니다. 그 정도면……."

아이린은 더 이상 말을 하지 않았다. 솔직히 그녀도 이건 너무 억지라는 생각이 들었다.

"물론 억지라는 생각이 들겠죠. 하지만 저희 공작님도 그 정도 담보는 잡고 있어야 안심이 된다고 합니다. 막말로, 절실함으로 따지자면 마님 쪽이 아니십니까?"

그 말에 아크의 얼굴이 와락 일그러졌다. 아이린도 마찬가지였다. 하지만 그 말은 사실이었다. 시간도 얼마 없었다. 그리고 그만한 거금을 빌려줄 만한 곳도 젤만 공작밖에 없었다.

사면초가라는 말이 바로 이것을 뜻하는 것이었다. 아이린이 깊게 한숨을 내쉬며 말했다.

"알겠습니다. 곧바로 답은 드리지 못하겠습니다. 저희들끼리 충분히 상의한 후 알려 드리겠습니다."

"네, 그렇게 하십시오."

다르나 자작이 자리에서 일어났다. 그때, 문이 열리며 네빌 집사가 들어왔다. 아이린이 네빌 집사를 향해 말했다.

"다르나 자작님께서 휴식을 취할 곳으로 안내해 주세요."

"네, 마님. 절 따라오십시오."

다르나 자작은 네빌 집사를 따라갔다. 그가 나가고 아이린이 자리에 앉았다. 그러자 아크가 입을 열었다.

"이거 정말 너무하는군. 광산 채굴권 50%라니……. 이

거, 거저먹겠다는 뜻이잖아."

"⋯⋯."

"어쩔 수 없죠. 칼자루를 쥔 쪽은 젤만 공작이니까요."

아이린도 무거운 얼굴로 답을 하였다. 그때까지 제이크
는 팔짱을 낀 채 가만히 있었다. 그의 머릿속은 복잡하였
다.

'그냥 폴과 필을 시켜서 놈을 협박해? 아니야. 이제 휴
가 복귀가 얼마 남지 않았는데, 말썽을 일으켜서는 안 돼.
이거참, 내 뜻대로 되지도 않고⋯⋯ 답답하군. 이것이 아
빠가 된 마음인가?'

그랬다. 제이크는 자신이 휴가 복귀 후 남겨질 아이린과
영지, 무엇보다 자신의 자식들 때문에 더욱 고민되었다. 그
래서 웬만하면 말썽 일으키지 않고 해결을 볼 생각이었다.
그러나 마음 같아서는 진짜 폴과 필을 보내고 싶은 심정이
었다.

"후우⋯⋯."

제이크 입에서 절로 한숨이 흘러나왔다. 그 소리에 아이
린이 깜짝 놀란 얼굴로 바라보았다.

"당신, 한숨을 내쉬었어요?"

"으응? 내가?"

"네, 방금 그랬어요."

"내가 그랬나?"

제이크는 짐짓 모르는 척하였다. 그 모습을 보다가 아이린은 미소를 지었다. 그리고 조용히 입을 열었다.

"50%는 줄 수가 없어요. 그렇다고 저들도 물러날 기미도 없어 보이고요. 문제는 그만한 돈을 빌릴 곳은 그곳밖에 없다는 거예요."

"아이린, 이건 아니야. 그냥 내가 돌아갈게. 그게 최선이야."

"오빠, 그건 안 돼. 우리가 어떻게 만났는데……."

"그렇다고 50%를 준다는 것은……."

아크가 인상을 찡그리며 입을 다물었다. 더 이상 말을 한다는 것은 무의미하였다.

"어쩔 수 없어요. 50%를 주더라도 돈을 빌려야 해요. 제겐 무엇보다 오빠가 더 중요하니까요."

"과연 그놈들이 50%로 만족할까? 아마 그건 시작에 불과할 거야."

가만히 지켜보고 있던 제이크가 불쑥 말했다. 그것도 일리가 있는 말이었다. 그렇다고 다른 방법은 없었다. 세 사람이 매우 심각한 표정으로 있을 때, 문을 두드리는 소리와 함께 네빌 집사가 들어왔다.

"무슨 일에요, 네빌?"

"그러니까…… 마님."

"무슨 일이에요?"

네빌 집사는 잠시 머뭇거리더니 천천히 말을 하였다.

"벨란 상단이 찾아왔습니다."

"벨란 상단?"

"옛날에 저희와 한 번 거래했던 적이 있습니다. 그러니까, 백작님께서 주신 목걸이……."

네빌 집사의 말에 아이린도 기억이 떠올랐는지 환한 얼굴이 되었다.

"아, 기억이 나요. 벨란 상단이 목걸이를 비싼 값에 사줘서 우리가 숨통이 트였었죠."

"네. 그런데 이번에는 벨란 상단의 가주께서 직접 찾아오셨습니다."

"상단주께서?"

아이린은 놀라지 않을 수가 없었다. 벨란 상단은 옛날에 위기에 처한 자신의 가문을 도와준 인물이었다. 5만 골드밖에 하지 않는 목걸이를 무려 20만 골드에 사줬다.

그 결과, 에페로 자작에게서 벗어날 수 있었다. 그때는 벨란 상단이 구원자라는 생각이 들었다. 게다가 너무 정신이 없어 감사의 뜻도 전할 수가 없었다.

훗날 감사의 뜻을 전하기 위해 수소문했지만, 찾을 수가 없었다. 마론 왕국에 들어갔다는 것만 알 수 있었다. 그리고 지금껏 잊고 있던 것이다.

"이리로 모셔 오세요."

"네, 마님."

네빌 집사가 나가고 잠시 후, 응접실로 백발의 노인이 들어왔다. 풍채는 제법 컸으며, 긴 백발의 수염을 늘어뜨린 채 서서히 들어오고 있었다.

그의 눈빛은 매우 인자했고, 눈빛은 따뜻해 보였다. 아이린이 곧바로 자리에서 일어나 인사를 하였다.

"어서 오십시오. 제가 아이린입니다. 저분은……."

막 자신을 소개하던 아이린은 노인의 눈을 바라보았다. 그가 아이린을 바라보는 눈빛이 심상치가 않았다. 마치 할아버지가 손녀를 보는 듯한 눈빛이었다. 따스함이 있고, 정이 있었다.

"저어……."

아이린이 입을 열려고 할 때, 벨란 상단주의 입이 열렸다.

"잘 컸구나, 아이린."

"네에?"

아이린의 눈이 커졌다.

"절 아세요?"

"그럼 알다마다. 눈동자가 네 어미를 쏙 빼닮았구나."

엄마라는 말에 아이린의 눈동자가 더욱 커졌다. 가만히 앉아 있던 아크도 그 소리에 자리에서 일어났다.

"저의 어머니를 아십니까?"

아크가 이내 말하였다. 벨란 상단주의 눈이 아크에게 향했다.

"그럼 네가 아크로구나. 너도 건강하게 컸구나."

그 말을 들은 아크도 놀라기는 마찬가지였다.

"누구세요?"

아이린이 물었다. 그러자 벨란 상단주는 인자하게 웃으며 말했다.

"니 어미의 애비가 바로 나란다."

"엄마의 아버지?"

그 순간, 아이린의 눈동자가 급속도로 흔들렸다.

"외, 외할아버지?"

"오냐, 내가 너희들의 외할아버지다."

아이린은 직접 듣고도 믿을 수가 없었다. 외할아버지에 대해서는 어릴 적부터 들었다. 인자하시고, 항상 엄마를 많이 사랑해 주셨다고.

그러던 어느 날 외할아버지의 가문에 문제가 생겼다고 하였다. 반역을 했다는 모함을 받고 가문이 풍비박산이 났다고 하였다.

그 이후 외할아버지의 소식은 전해 들을 수가 없었다. 어머니는 외할아버지를 찾기 위해 무척이나 애를 썼지만, 찾지 못하였다.

그런데 지금 자신의 눈앞에 외할아버지가 있었다. 아이

린의 눈에 눈물이 맺혔다. 형용할 수 없는 기쁨이 가슴 깊
숙한 곳에서 올라왔다.

아이린은 저도 모르게 외할아버지 품으로 달려가며 소리
쳤다.

"할아버지!"

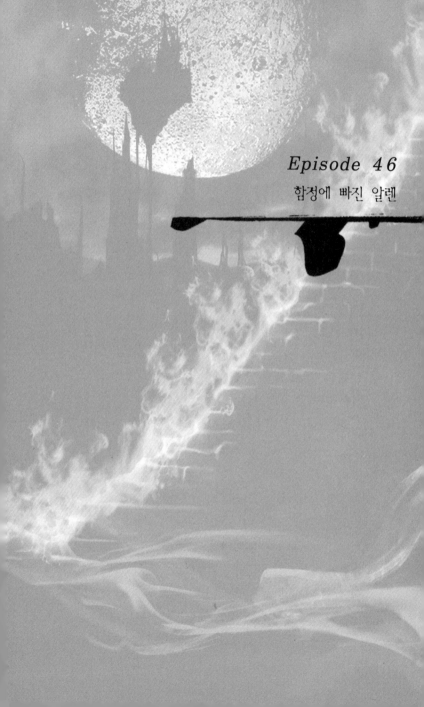

Episode 46

함정에 빠진 알렌

1

응접실에서는 아이린과 아크가 외할아버지 루세프와 많은 대화를 나누고 있었다. 그동안 어떻게 지냈는지, 왜 여태까지 나타나지 않았는지에 대해서.

그들 세 사람이 얘기하는 동안 제이크는 뒤로 빠져 있었다. 대충 얘기를 들어보면 루세프는 반란죄라는 모함을 당한 후 마론 왕국으로 피신하였다.

그곳에서 벨란 상단을 만들어 지금에 이른 것이라고 하였다.

"그래도 어머니께서는 할아버지를 무척이나 보고 싶어 하셨어요."

"안다, 알고 있단다. 하지만 올 수가 없었단다. 그 당시 국경 지역은 아주 위험했거든. 그리고 벨란 상단도 아직 안착되지 않았고 말이야."

"그래도……."

"애야, 차차 얘기하자구나. 시간은 많단다."

"그럼 할아버지, 돌아가지 않으실 거예요?"

"아니, 상단으로 돌아가야지. 다만, 이곳에서 좀 지낸 후에 말이다."

그 말을 들은 아이린의 얼굴에 웃음꽃이 피었다.

"정말이죠?"

"그렇단다, 애야."

"잘됐다. 그렇지, 오빠?"

"으응, 그래."

아크도 기쁜 것은 마찬가지였다. 하지만 지금은 그 기쁨을 뒤로 미뤄야 했다. 지금 당장 직면한 일 때문이었다. 그것을 아는지 외할아버지 루세프는 다시 진지한 얼굴로 말을 하였다.

"애야, 아이린."

"네, 할아버지."

"지금은 그것보다 더 중요한 일이 있는 것 같은데……."

루세프는 말을 하면서 아크를 쳐다보았다. 아이린의 시선이 그곳으로 향했다.

"아, 맞다."

"이번 일은 이 할애비가 해결해 줄 수 있을 것 같구나."

그 말을 듣는 순간, 아이린과 아크의 눈이 크게 떠졌다.

"500만 골드예요. 할아버지."

"허허허, 500만 골드? 할애비가 돈이 좀 많단다. 그 정도쯤은 충분히 있구나."

"할아버지께서 도와주신다면 정말 고맙겠어요."

아이린은 뛸 듯이 기뻐했다. 아크도 마찬가지였다. 그 모습을 뒤에서 지켜보는 제이크의 입가에 슬며시 미소가 어렸다.

'훗, 보기 좋군. 내가 없어도 걱정 없겠어.'

제이크는 흩어졌던 아이린의 가족이 하나둘 모여드는 것에 매우 잘된 일이라는 생각이 들었다.

그리고 다르나 자작이 탄 마차가 조금 전 출발하였다. 그가 가진 소식은 돈을 빌리지 않아도 된다는 것과 50% 광산 채굴권 또한 없는 얘기가 되었다는 내용이 담겨 있었다.

다시 며칠의 시간이 흐른 후, 신성제국으로 500만 골드가 든 상자가 배달되었다. 제이크 백작가의 직인이 찍힌 서신과 함께 말이다.

루세프는 제이크 백작가에서 지내며 아이린과 아크에게서 한시도 떨어지지 않았다. 특히 증손자, 손녀들을 보며 너무도 기뻐했다. 그렇게 따뜻한 가족들의 시간이 흘러가고 있는 와중에 또 다른 사건이 수면 위로 서서히 올라오고 있었다.

젤만 공작은 빈손으로 돌아온 다르나 자작을 향해 고래고래 고함을 질렀다.

"빈손으로 와? 어떻게 빈손으로 올 수가 있어, 앙!"

"죄, 죄송합니다, 공작님. 저도 어쩔 수가 없었습니다. 갑자기 돈을 구했다며 더 이상 협상은 하지 않겠다고 하였습니다."

"갑자기 돈을 구해? 어디서? 누가 그 큰돈을 줬단 말이야!"

어느 정도 진정된 젤만 공작이 천천히 물었다. 다르나 자작은 자신이 알아낸 상황을 설명하였다.

"감시가 심해 자세한 것은 알아내지 못하였습니다. 다만, 벨란 상단주가 직접 방문했다는 것으로 미루어 보아 그가 돈을 준 것 같습니다."

"벨란 상단?"

"네, 그렇습니다."

"벨란 상단이라면…… 마론 왕국에서 제일 잘나간다는 그 상단이 아닌가?"

"네, 맞습니다."

"그 상단이 왜?"

젤만 공작은 잔뜩 의문이 들었다. 잠깐 동안 생각에 잠겨 있다가 이내 고개를 들어 다르나 자작을 보았다.

"자넨 벨란 상단과 제이크 백작가와의 관계에 대해서 알아봐. 신속히."

"네, 알겠습니다."

다르나 자작이 인사를 하고 나갔다. 잠시 후, 집사가 안으로 들어왔다. 젤만 공작은 집사를 향해 조용히 말했다.

"베이런 후작을 지금 당장 부르게."

"네, 공작님."

집사가 나가고 홀로 남은 젤만 공작은 찬찬히 생각에 잠겼다. 두 손을 깍지 낀 상태로 턱을 괴며 고민하였다. 하지만 생각하면 할수록 아까웠다.

"젠장, 절호의 기회였는데……."

젤만 공작은 포기하기에는 아직 너무나 이르다고 판단하였다.

"다시 빼앗아올 좋은 방법이 있을 것이다."

젤만 공작이 찬찬히 생각에 잠겼다. 그의 앞에 촛불이 살랑거리며 빛과 암영이 함께 일렁거렸다. 젤만 공작은 그 자리에서 꼼짝도 하지 않았다. 그렇게 약 10여 분이 흘러갔다.

어느 순간, 그의 눈빛이 반짝이더니, 고정되었던 손이 풀렸다. 그의 입가에 희미한 미소가 걸렸다.

"그렇군, 하버트 왕국을 움직이면 되겠어. 크크크."

2

젤만 공작은 뒷짐을 진 채 현관 입구에 서 있었다.

마치 누군가를 기다리고 있는 듯, 그의 표정은 사뭇 진지하였다. 그 옆에는 다르나 자작이 서 있었다. 그 뒤로 공작가의 사람들이 양옆으로 나란히 서 있었다.

"아직인가?"

젤만 공작이 옆에 서 있는 다르나 자작에게 물었다.

"곧 도착할 겁니다. 조금 전에 정문을 통과했다는 보고를 받았습니다."

"으음, 알겠네."

젤만 공작의 말이 끝나자마자 현관 입구로 말을 탄 기사단이 등장하였다. 그 뒤로 여섯 마리의 말이 끄는, 제법 화려한 마차 한 대가 들어왔다.

"왔군."

젤만 공작이 입가에 미소를 띠며 조용히 말했다. 마차는 젤만 공작 앞에 멈춰 섰다. 기사단이 마차를 호위하듯 에워쌌다. 그리고 잠시 후, 마차의 문이 열리며 날씬한 여자 한 명이 내렸다.

그녀는 살랑거리는 흰 드레스를 입고 있었다. 허벅지가

훤히 드러난 드레스는 뭇 남성들의 마음을 흔들기에 충분하였다. 얼굴 또한 그 어디에 내놓아도 빠지지 않는 얼굴이었다.

다만, 피부가 검은 것이 흠이라면 흠이었다. 어쨌든 그녀는 매혹적인 눈으로 주위를 한 번 훑어보고는 손을 내밀었다. 그러자 그 마차 안에서 두툼한 손이 불쑥 나오며 가녀린 그녀의 손을 잡았다.

"드디어 도착인가?"

그 말과 함께 마차에서 내리는 퉁퉁한 중년 남성이었다. 양손에는 각양각색의 보석들이 끼워져 있었고, 목과 귀에까지 보석들이 달려 있었다.

얼굴은 컸으며, 3중으로 된 턱살이 덜렁덜렁거렸다. 젤만 공작은 내리는 그를 향해 환한 미소를 지으며 다가갔다.

"오호, 후버드 후작. 어서 오시게나."

젤만 공작의 말에 후버드 후작은 살짝 놀란 눈빛이 되어 말했다.

"젤만 공작님께서 직접 환대를 해주시다니, 이거 영광입니다."

"하하하, 내가 어찌 직접 나오지 않을 수 있겠는가."

젤만 공작이 환하게 웃으며 답을 하였다. 후작인 후버드를 젤만 공작이 직접 나서서 환대해 준다는 것은 매우 이례적이었다.

그것도 그런 것이, 후버드 후작은 국경 수비를 맡고 있는 사령관이었다. 하물며 하버트 왕국 국왕의 매제가 되기도 하였다. 그런 그가 젤만 공작의 초청에 이렇게 응해준 것도 놀라운 일이기 때문이었다.

"어쨌든 반갑습니다."

"그래, 나도 반갑네."

두 사람은 서로 악수를 나누며 눈빛을 교환하였다. 그것도 잠시. 젤만 공작이 직접 후버드 후작을 안내하였다.

"자네가 좋아할 만한 차를 준비하였네."

"설마…… 드레인 티?"

"하하핫! 역시 자네도 알고 있구만. 그렇다네. 드레인 티를 준비해 놓았네."

"그렇다면 얼른 가서 먹어보고 싶군요. 정말 먹고 싶던 차인데, 구하기가 쉽지 않더군요."

"그렇겠지. 왕궁에서만 맛볼 수 있는 것이니까."

젤만 공작이 희미한 미소와 함께 말했다. 그 말에 후버드 후작도 살짝 미소를 지었다.

"그렇군요. 그래서 제가 구하기 힘들었군요. 하지만 공작님은 가지고 계시는군요."

"뭐, 그렇게 되었네."

젤만 공작은 그 차 하나만으로도 자신의 영향력을 알려주고 있었다. 왕궁에서만 먹을 수 있다는 것은 국왕만 먹는

차라는 것이다. 그래서 쉽게 구할 수 없는 것이었다.

그런데 젤만 공작이 가지고 있다는 것은 그만큼의 힘을 가지고 있다는 의미였다. 젤만 공작은 알게 모르게 자신의 힘을 과시한 것이나 다름이 없었다.

"여기서 계속 이야기할 것이 아니라 어서 안으로 드시게나. 이야기는 차를 마시며 나누도록 하지."

"네, 그리하겠습니다."

그렇게 이동하려는데, 후버드 후작이 걸음을 멈추었다.

"아, 제 수행원들은?"

"하하하, 걱정 말게. 기사단이 머물 방은 이미 다 준비해 놓았네. 편안하게 지낼 수 있게 해두었으니, 너무 걱정 마시게나."

"하하하, 감사합니다. 메이, 넌 방에서 대기하고 있어."

메이라고 불린 검은 피부를 가진 여자가 살짝 고개를 끄덕였다. 젤만 공작이 다르나 자작에게 말했다.

"뒤는 자네가 처리하게."

"네, 공작님."

그렇게 말을 하고는 후버드 후작과 함께 천천히 복도를 따라 응접실로 걸어갔다.

"오시는 데 불편함은 없었는가?"

"괜찮았습니다. 그보다 밀들이 아주 잘 익었더군요."

"하하하, 그런가? 이번 년은 좀 잘된 편이더군."

"그럼 밑에 대해서도 얘기를 좀 나눠야겠군요."

"언제든지 말하게. 자네에겐 항상 열려 있으니 말이야."

그렇게 두 사람은 대화를 하면서 응접실로 이동하였다. 멀어지는 두 사람을 지켜보던 다르나 자작이 옆에 서 있는 메이를 보며 말했다.

"방으로 안내하겠습니다."

그러자 그녀가 살짝 고개를 끄덕였다. 다르나 자작은 그녀의 고혹적인 자태에 잠시 말을 잃었지만, 이내 고개를 흔들어 정신을 차린 후 앞장서서 걸어갔다. 그 뒤를 메이가 천천히 따라갔다.

응접실로 안내된 후버드 후작은 자신 앞에 놓인 찻잔을 바라보며 눈을 반짝였다.

"오오, 이것이 바로……."

"그래, 드레인 티라네. 어서 마셔보게나."

"드디어……."

후버드 후작은 아주 조심스럽게 찻잔을 들어 김이 모락모락 올라오는 차를 바라보았다. 그리고 우선 코로 가져가 향기부터 맡았다.

"으음, 역시 향기가 좋군요."

"향기가 좋을 뿐 아니라, 맛도 일품이라네."

"그럼 어디……."

후버드 후작은 천천히 드레인 티를 음미하였다. 한 모금을 입안에 넣고 잠시 그대로 두었다. 눈을 감은 후버드 후작의 입안에서는 깨끗하면서도 때론 쓴맛과 달콤한 맛이 조화롭게 맴돌았다.

그리고 목울대가 움직이며 식도를 타고 내려가자, 그 향기가 다시 올라와 입안을 다시 채웠다. 후버드 후작은 매우 흡족한 미소를 띠며 한동안 눈을 뜨지 않았다.

그렇게 몇 번을 드레인 티의 맛을 음미한 후, 천천히 찻잔을 내려놓았다.

"역시 제 기대를 저버리지 않는 차군요."

"맘에 들었다니 다행이네. 내 좀 챙겨 주겠네."

"정말이십니까?"

"허허허, 정말이네."

젤만 공작도 찻잔을 내려놓았다.

후버드 후작의 손이 자신의 튀어나온 배 위에 올려졌다. 그는 다소 진지한 표정으로 젤만 공작을 바라보았다.

"이번 초청과 환대, 게다가 이런 좋은 차까지. 그냥 받기에는 부담스러운 것들입니다. 이제 본론으로 들어가시죠."

후버드 후작의 말에 젤만 공작이 희미하게 웃었다.

"역시 자네는 단도직입적이구먼. 좋네, 나도 직접적으로 말하겠네. 날 좀 도와주게."

그 말에 후버드 후작의 눈빛이 바뀌었다.

"무엇을 말입니까?"

후버드 후작의 물음에 젤만 공작이 천천히 이야기를 풀어놓았다.

"자네, 제이크 백작을 아는가?"

제이크란 말이 나오자 후버드 후작은 순간 움찔하였다.

"알고 있습니다."

그의 눈빛에서 왠지 모를 살기가 흘러나왔다. 그 눈빛을 읽은 젤만 공작이 입꼬리를 슬며시 올렸다.

"얘기 듣기로는 제이크 백작가의 땅 절반 정도가 원래는 자네 땅이었다고 들었네. 맞는가?"

"맞습니다."

"그렇다면 그 땅에 있는 광산도 원래는 자네 것이었겠군."

젤만 공작의 말에 후버드 후작이 고개를 끄덕였다. 원래 자신의 땅이었다. 그런데 서류상 실수로 넘어갔다. 그래서 다시 찾으려고 했지만, 그러지 못했다. 이미 다른 사람에게 넘어간 후였기 때문이다.

"그래서 말인데, 자네에게 광산을 되찾을 정보를 알려주겠네. 그리고 일이 잘 풀리면 그 땅마저 돌려주겠네."

그의 말에 후버드 후작의 눈이 커졌다. 그의 상체가 자연스레 앞으로 쏠렸다.

"그 말, 사실입니까?"

"사실이네. 공증까지 할 수 있네."

"어떻게 말입니까?"

"그건 합의가 이루어진 후에 말하겠네. 그보다 광산 정보를 알려주는 대신 그 대가로 100만 골드를 주게."

젤만 공작의 말에 후버드 후작은 살짝 고민을 하더니, 이내 고개를 끄덕였다.

"좋습니다."

"그럼 합의가 된 것인가?"

"네."

"좋네. 그곳을 먹으려면 영지전밖에 없네."

"영지전?"

"그렇다네."

"하지만 그곳은 국경 지역입니다. 자칫 잘못하다가 국가 간의 전쟁이 될 수도 있습니다."

후버드 후작이 걱정스런 얼굴로 말했다. 그러나 젤만 공작은 오히려 담담했다.

"그것은 걱정 말게. 뒤에서 내가 막아줄 테니. 자넨 자네 국왕만 설득하면 되네."

"그건 걱정 마십시오. 저의 동생이 왕비마마입니다. 동생에게 말하면 될 것입니다."

"그럼 문제가 없겠군."

젤만 공작이 박수를 치며 말했다. 그런데 후버드 후작은 여전히 고개를 갸웃하였다.

"영지전을 벌이는 것은 문제가 아닙니다. 그래도 영지전을 하기 위해서는 명분이 필요합니다. 어떤 명분을 내세우려 하십니까?"

"그건 말이야, 미녀를 이용하면 되네."

"미녀?"

"그렇다네."

젤만 공작이 상체를 앞으로 내밀었다. 그러자 후버드 후작도 따라서 상체를 앞으로 내밀었다. 그러자 젤만 공작이 후버드 후작의 귀에다가 뭔가를 중얼거렸다.

후버드 후작은 젤만 공작의 말을 들으며 고개를 끄덕였다. 이야기가 다 끝나고 두 사람은 서로 떨어졌다. 후버드 후작이 고개를 끄덕이며 말했다.

"그러면 되겠군요. 알겠습니다. 제게 딱 적당한 인물이 있습니다."

"하하핫, 그럴 것이라 예상했네."

젤만 공작은 그리 말을 하면서 식어버린 차를 보았다.

"이런, 차가 식었군. 다시 내오라고 하겠네."

젤만 공작이 박수를 두 번 쳤다. 그러자 문이 열리며 집사가 들어왔다.

"차를 다시 내오게."

"네, 공작님."

집사가 나가고 얼마 후, 다시 김이 모락모락 올라오는 차가 나왔다. 젤만 공작이 찻잔을 들었다. 후버드 후작도 같이 찻잔을 들었다.

"자, 우리의 앞날을 위해⋯⋯."

"앞날을 위해."

3

"자, 오늘 훈련은 여기까지다."

저녁노을이 어스름하게 내려앉은 그 시각, 알렌은 기사들과 함께 훈련을 마치는 중이었다. 기사들은 자신들의 목검을 거치대에 옮겨놓고 있었다.

햇볕에 그을린 구릿빛 피부들이 땀에 젖어 반들거렸다. 살짝 부풀어 오른 근육들은 그들이 움직일 때마다 꿈틀거렸다.

알렌은 훈련을 정리하고 있는 기사들을 바라보다가 몸을 돌려 자신의 사무실로 발걸음을 옮기려 하였다. 하지만 그 순간, 부기사단장이 다가오며 말을 걸었다.

"저기⋯⋯ 단장님."

알렌은 걸음을 멈추고 몸을 돌렸다.

"뭔가?"

부기사단장은 말하기가 조심스러운지 잠시 머뭇거렸다.

"빨리 말해보래도."

"아, 그것이…… 내일 오랜만에 갖는 휴식인데……."

"그래서?"

"오늘 훈련 받느라 고생도 하였고…… 그래서……."

부기사단장은 얼버무리며 말을 더듬었다. 그 모습을 지켜보던 알렌이 답답했는지 깊은 한숨을 내쉬며 말했다.

"후우, 오늘 한잔하자는 건가?"

"네에? 아, 네에. 그렇습니다."

알렌의 말에 부기사단장의 표정이 풀어지며 고개를 세차게 끄덕였다. 그런 부기사단장의 모습을 보던 알렌은 고개를 절레절레 흔들며 말했다.

"그것을 뭐 그리 어렵게 말을 하나. 그냥 한잔하고 싶다고 말을 하면 되지."

"죄, 죄송합니다."

"자넨 그것이 문제야. 그런 것에는 영 쑥맥이란 말이야."

"헤헤, 태생이 그런 것을 어찌합니까. 그래도 단장님께서 바로 캐치해 주시지 않습니까."

"됐다. 다들 샤워하고 옷 갈아입은 후 '숲 속' 주점으로 모이도록! 단, 성 경비하는 인원들을 체크하고."

"넵, 알겠습니다!"

부기사단장이 힘차게 대답을 하고는 몸을 돌려 뛰어갔다.

그리고 잠시 후, 기사들에게서 환호성이 들려왔다. 자신의 사무실로 걸어가던 알렌은 그 소리에 절로 미소가 그려졌다.

주점 숲 속에는 오랜만에 모인 기사들의 회식이 벌어지고 있었다. 그곳의 주인은 술을 내오랴, 안주 준비하랴 분주하였다.

하물며 왁자지껄 힘차게 떠드는 소리로 주점이 떠나갈 듯하였다. 하지만 술과 안주를 옮기는 주인의 얼굴에는 함박웃음이 가득하였다.

"여기, 맥주 두 잔 더요!"

"안주도 더 주시오!"

"네네, 알겠습니다."

주인은 여기저기 술과 음식을 나르느라 정신이 없었다. 그 와중에 알렌은 부기사단장과 구석에 앉아 맥주를 마시고 있었다.

오랜만의 휴식에 모두들 즐거워하는 모습을 보고 있으려니 흐뭇한 기분이 들었다. 그것도 잠시. 알렌은 곧 맥주잔을 들어 한 번에 마시고는 자리에서 일어났다.

그 모습을 보던 부기사단장이 황급히 맥주잔을 내려놓으며 물었다.

"왜 일어나십니까?"

"후후후, 이제 난 빠져 줘야지."

"무슨 말씀이십니까? 좀 더 있다가 가십시오."

"됐다. 자네가 책임지고 애들 잘 관리하고."

"단장님……."

"내가 빠져 줘야 여자들도 부르고 놀 것 아닌가."

"하, 하지만……."

부기사단장은 말을 얼버무렸지만, 부정하지는 않았다. 그 모습에 알렌은 미소를 짓고는 말했다.

"애들이나 잘 챙겨서 보내. 내일 논다고 해서 무리하게 마시지 말고. 그리고 사고 치지 말고."

"알겠습니다."

부기사단장이 고개를 끄덕이며 말했다. 알렌은 품속에서 주머니 하나를 꺼내 탁자에 던졌다.

짤랑—!

탁자 위로 주머니가 떨어지며 묵직한 소리가 들려왔다. 딱 봐도 돈주머니였다. 부기사단장은 깜짝 놀란 두 눈으로 알렌을 올려다보았다.

"단장님……."

"여자들 부르고 술 더 먹으려면 돈이 필요할 거다. 걱정 말고 이 돈으로 마음껏 먹여라."

알렌은 그 말만 남기고 홀로 뒷문을 통해 몰래 빠져나 갔다. 혹시 자신 때문에 기사들이 부담스러워할 것 같아서였다.

어두운 골목을 따라 막 대로에 접어들 때쯤, 주점 안에서 환호성이 들려왔다. 그 소리를 들은 알렌은 피식 웃고 말았다.

달빛이 찬찬히 거리를 비추고 있었다. 알렌은 고개를 들어 달을 쳐다보았다. 달은 자신의 머리 꼭대기에 올라와 있었다.

"아직 시간이 이른가?"

알렌은 홀로 중얼거리다가 이내 어딘가로 발걸음을 옮겼다. 돌고 돌아 그가 도착한 곳은 골목 깊숙이 있는 작은 술집이었다.

작은 나무 문을 열자 따랑, 하고 종소리가 들렸다. 그 종소리를 들으며 안으로 들어갔다.

은은한 촛불들이 가게 안을 밝히고, 서너 개의 탁자와 테이블 너머로 바텐더가 컵을 닦고 있었다.

종소리에 바텐더의 시선이 자연스럽게 입구로 향했다. 그곳으로 알렌이 등장하자 바텐더의 표정이 환하게 바뀌었다.

"오호, 알렌 님. 오랜만입니다."

"아, 찰스, 잘 있었나."

"하하하, 저야 늘 똑같지 않습니까."

바텐더 찰스 앞에 알렌은 자리를 잡고 앉았다.

"늘 먹던 걸로 준비해 드리겠습니다."

"부탁하네."

찰스가 투명한 유리잔을 꺼내 알렌 앞에 두고 그 안에 갈색의 위스키를 부었다. 약 1/3가량 부었을 때, 찰스의 손이 멈추었다.

"여기 있습니다."

알렌은 갈색 빛이 감도는 위스키의 향기를 우선 맡고는 입으로 가져갔다.

"크윽."

맥주와는 또 다른, 강력한 알코올이 목을 불태우며 식도를 훑고 내려갔다. 하지만 이러한 것이 알렌에게는 너무 좋았다. 왠지 자신이 살아 있다는 느낌을 주기 때문이었다.

"그런데 왜 한동안 뜸했습니까?"

"최근에 훈련이 좀 많았네. 그보다 오늘은 왜 이렇게 조용한가?"

알렌이 주위를 살피며 말했다. 그러자 찰스가 슬쩍 미소를 지었다.

"알렌 님께서 좀 일찍 오신 겁니다."

"아, 그런가?"

그런 말을 하며 다시 위스키를 한 번에 들이켰다. 살짝 미간을 찡그리며 알렌이 말했다.

"한 잔 더."

"네."

찰스가 다시 잔을 채웠다. 잔이 거의 찰 때쯤, 문에 달린 종이 딸랑, 울렸다. 두 사람의 시선이 자연스럽게 입구로 향했다.

그곳으로 몸에 짝 달라붙은 드레스 차림의 여인이 들어왔다. 검은 피부를 가진 그녀는 매혹적인 눈빛으로 실내를 한 번 훑고는 바텐더가 있는 테이블로 이동하였다.

그녀가 자리에 앉자 곧바로 찰스가 다가갔다.

"어서 오십시오, 손님."

"마티니 한 잔 주세요."

그녀의 붉은 입술에서 매혹적인 음성이 흘러나왔다. 찰스는 그녀의 목소리를 듣는 순간 아찔함을 느꼈다. 여태까지 이렇게 고혹적인 여인은 본 적이 없었다.

그것은 알렌도 마찬가지였다. 들어온 순간부터 알렌은 그녀에게서 눈을 떼지 못하였다. 평생 저렇듯 매혹적인 여인은 처음 보았기 때문이다.

그녀는 의자에 앉은 채 다리를 꼬았다. 그러자 옆이 터진 드레스 사이로 그녀의 허벅지가 드러났다. 매끈하게 뻗은 그녀의 허벅지가 알렌의 시선을 사로잡았다. 마티니가 나오는 동안 그녀는 작은 담배 파이프를 꺼냈다.

그러자 곧바로 찰스가 다가와 그녀의 파이프에 불을 가져다 댔다. 그녀는 살짝 고개를 끄덕이는 것으로 고마움을 나타냈다.

그녀의 붉은 입술이 담배 파이프를 빨고, 한숨을 내쉴 때 뿜어져 나오는 연기마저도 매혹적이었다. 알렌은 술을 마시는 것도 잊은 채 그녀에게서 시선을 거두지 못하였다.

비록 작은 술집이라 하지만, 가게 안이 온통 그녀의 향기로 가득하였다. 알렌은 술잔만 만지작거리며 그녀를 힐끔힐끔 쳐다보았다.

자신이 태어나서 여태까지 한 번도 보지 못한 미녀였다. 섹시한 것은 둘째 치고, 남자의 심장을 쿵쾅쿵쾅 뛰게 만드는 매력이 있었다.

알렌은 잠시 주위를 두리번거렸다. 가게 안에는 자신과 그녀, 바텐더인 찰스, 이렇게 셋밖에 없었다. 알렌은 다시 시선을 돌리려고 하다가 움찔 놀랐다.

구석에 있던 그녀가 어느새 자신 눈앞에 와 있는 것이었다. 알렌은 순간 놀란 눈으로 바로 앞까지 다가온 그녀를 바라보았다. 그러자 자연스럽게 그녀의 붉은 입술로 시선이 갔다.

알렌은 저도 모르게 침을 꿀꺽 삼켰다. 그녀의 파란 눈동자가 자신을 똑바로 쳐다보았다. 가까이 다가온 그녀에게서 장미향이 스멀스멀 올라왔다.

그 향기를 맡은 알렌은 저도 모르게 신음을 흘렸다.

"으음……."

하지만 시선을 피하고 싶어도 그러지 못했다. 마치 거미줄에 걸린 나방처럼 그녀의 손아귀에 딱 걸려 버린 것 같았다. 그녀는 고개를 이리저리 갸웃하더니, 천천히 입술을 달싹거렸다.

"당신……."

"네, 네에?"

알렌이 깜짝 놀라며 말했다.

"왜 자꾸 절 힐끔힐끔 쳐다보죠?"

"쳐다보지 않았습니다."

그렇게 말을 하며 다시 힐끔 그녀를 쳐다보았다. 그러자 그녀가 손가락을 가리키며 대뜸 말하였다.

"봐요, 지금도 쳐다봤잖아요."

"그, 그거야, 가까이 있고, 또 물어보시니까……."

"정말 그게 다예요?"

"그, 그리고……."

"그리고?"

"당신은 너무 아름다우십니다."

알렌의 아름답다는 말에 그녀가 피식 웃었다. 그러곤 옆자리에 앉으며 말했다.

"로라예요. 당신은?"

"네에?"

"당신 이름이 뭐냐고요."

"아, 알렌…… 알렌입니다."

"아아, 알렌 씨."

로라는 알렌의 이름을 되새김질하며 자신의 손에 들린 술을 한 모금 마셨다. 그 모습을 보던 알렌도 몸을 돌려 자신의 술을 마셨다.

"알렌 씨는 여기 단골이신가 봐요?"

"네, 그렇습니다. 혼자 있고 싶을 때 들르는 곳입니다."

"혼자 있고 싶을 때? 그럼 제가 지금 방해를 한 건가요?"

"아, 아닙니다. 절대!"

알렌은 과장된 제스처를 취하며 말했다. 그러자 로라가 대뜸 미소를 지었다. 그 미소를 보는 알렌은 마치 온몸이 녹아내리는 듯하였다. 눈까지 풀리며 로라를 바라보았다.

로라는 생긋 웃으며 천천히 입을 열었다.

"그럼 방해가 안 된다면 저랑 한잔해요. 오늘 저도 혼자 있고 싶었는데, 알렌 씨를 보니 그래도 혼자보다는 둘이 낫다는 생각이 드는데……."

로라의 뜻밖의 제안에 알렌은 정신을 차릴 수가 없었다.

바로 승낙을 해야 할까, 아님 거절을 해야 할까?

이런 아리따운 미녀가 같이 한잔하자고 하는데, 거절할 이유도 딱히 없었다.

'뭐, 어때?'

알렌은 생각을 마치자마자 고개를 끄덕이며 말했다.

"그럽시다. 저도 오늘은 왠지 미인과 같이 한잔하고 싶네요."

"호호호, 미인? 제가 그렇게 아름답나요?"

로라는 몸을 살짝 돌리며 매혹적인 자세로 입을 열었다. 그 모습에 알렌은 지금 그녀가 자신을 유혹하고 있다는 착각이 들었다. 알렌은 애써 시선을 외면하며 작게 말했다.

"그, 그렇소."

"아이, 좋아라."

로라는 천진난만한 아이마냥 좋아했다. 그 모습이 알렌을 흡족하게 만들었다.

그렇게 두 사람은 장장 두 시간가량 술을 마시며 대화를 나눴다. 대부분 로라가 얘기를 하고, 알렌이 그 얘기를 들어주며 동조를 하는 식이었다.

그러는 사이 술은 점점 더 들어가고, 취기가 올라왔다. 로라도 취기가 올라오는지 얼굴이 붉어지며 몸을 살짝 비틀거렸다.

"으음, 저 취했나 봐요."

로라의 말에 알렌이 고개를 끄덕였다.

"그런 거 같소. 물론 나도 취했지만. 그만 마시죠."

"네에, 아무래도 그래야 할 것 같아요."

그렇게 말을 하며 로라가 자리에서 일어났다. 순간, 그녀가 몸을 휘청하며 넘어지려 하였다. 알렌이 재빨리 그녀를 부축하였다.

"괘, 괜찮아요."

로라는 알렌의 부축을 받으며 말했다. 하지만 이미 몸을 가누지 못할 정도로 취한 그녀는 이내 그만 정신을 잃어버렸다. 그 모습을 바라보던 알렌은 약간 난처한 얼굴로 서 있었다.

그때, 찰스의 목소리가 들려왔다.

"알렌 씨, 당신이 그녀를 데려다 줘야 할 것 같습니다."

찰스의 말에 알렌의 고개가 돌아갔다. 하긴 지금 이 가게에서 그녀를 도와줄 사람은 바로 자기밖에 없었다. 알렌은 기절한 그녀를 잠시 바라보더니, 곧바로 안아 들었다.

"먼저 가네."

알렌은 찰스에게 말을 하고는 가게를 나섰다. 그 뒤로 찰스의 목소리가 들려왔다.

"편안한 밤 보내게."

알렌은 찰스의 가게에서 얼마 떨어지지 않은 여관으로 로라를 데리고 갔다. 로라가 기절만 하지 않았다면 물어서라도 그녀가 머물고 있는 여관에 데리고 갔을 것이다. 하지만 이미 기절한 그녀를 다시 깨워서 물어볼 수도 없는 노릇이었다.

그래서 알렌은 어쩔 수 없이 그녀를 데리고 근처 여관으로 데리고 갔다. 물론 주위에서 제법 깨끗하고 좋은 곳으로 갔다.

여관방으로 들어간 알렌은 자신의 품에서 새근새근 잠을 자고 있는 그녀를 한 번 바라보고는 침대에 천천히 눕혔다. 혹여 그녀가 깰까 노심초사하는 기색이었다.

그렇게 천천히 그녀를 침대에 눕히고 알렌이 팔을 빼려고 할 때였다. 갑자기 자신의 목덜미를 감싸는 두 팔이 있었다. 알렌은 깜짝 놀라며 손의 주인을 확인하였다.

바로 로라였다. 조금 전까지 깊은 잠에 빠져 있던 그녀였는데, 어느새 두 눈을 뜬 채 자신을 올려다보고 있었다.

"자고 있던 것이 아니었소?"

하지만 그녀에게서 답은 들려오지 않고, 대신 그녀의 매혹적인 입술이 다가와 알렌의 입술을 덮었다.

"읍!"

알렌의 두 눈이 크게 떠졌다. 하지만 그녀를 거부할 수가 없었다. 알렌은 천천히 두 눈을 감았다. 그리고 그녀와 깊고 뜨거운 입맞춤을 나누며 자연스럽게 침대로 스르륵 무너졌다.

이 일로 인해 어떤 엄청난 결과가 닥칠지, 알렌은 전혀 모르고 있었다.

Episode 47

영지전(上)

1

밝은 햇살이 창가로 스며들며 서서히 침대를 비췄다.

그곳에는 구릿빛 피부의 넓은 등판을 드러낸 채 엎드려 누워 있는 알렌이 있었다.

그는 얼굴에 따스한 햇살이 비쳐지자 절로 눈을 찌푸렸다. 그것도 잠시. 알렌은 곧 천천히 상체를 일으켜 세웠다.

그러자 그의 탄탄한 가슴이 드러났다. 그는 실오라기 하나 걸치지 않은 상태였다.

알렌은 잠시 눈을 찌푸리고는 주위를 둘러보았다. 여관에 있는 자신을 보며 어젯밤 일을 떠올렸다.

찰스의 가게에서 만난 그녀. 그리고 뜨거웠던 하룻밤.

하지만 지금 옆에는 그녀가 없었다.

메모도, 간다는 인사 한마디도 없었다.

알렌은 순간 서운한 생각이 스쳐 지나갔다.

"메모라도 남겨주지……."

알렌은 그녀가 떠난 것이 아쉬운지, 아님 다시 볼 수 없다는 것이 괴로운지 알 수 없는 중얼거림을 남겼다. 잠시 침대에 걸터앉아 있던 알렌은 옆에 떨어진 자신의 옷을 하나둘 챙겨 입었다.

그러면서 로라를 생각하였다.

"다시 볼 수 있을까? 그랬으면 좋겠는데……."

그렇게 중얼거리는 사이, 알렌은 자신의 옷을 다 입었다. 그러고는 잠시 주변을 살펴보았다. 침대 밑은 물론, 다른 곳도 세세하게 살폈다. 혹여 메모를 남겼는데 다른 곳으로 떨어진 것은 아닌지 확인을 하기 위함이었다.

그렇게 구석구석 확인을 해봐도 그녀의 메모는 남아 있지 않았다. 그러자 더욱더 서운함이 들었다.

"아무리 하룻밤 사이라고 해도……."

알렌은 더 이상 말을 잇지 못했다. 옷을 다 챙겨 입고 나서 잠시 침대를 바라보며 미련이 남은 얼굴로 쳐다보았다. 그러기를 잠깐. 알렌은 언제나 그랬듯 어느새 무심한 표정으로 바뀌며 여관방을 나섰다.

그로부터 삼 일의 시간이 흘러갔다.

알렌은 여전히 연병장에서 훈련을 지도하느라 바쁜 나날을 보내고 있었다.

"똑바로 못하나! 오늘따라 왜 이렇게 집중들을 못해!"

"죄송합니다!"

"내가 휴가 때 너무 풀어놓았나? 그런 것인가?"

"아닙니다!"

기사들의 힘찬 대답이 들려왔다. 그와 동시에 부기사단장이 말했다.

"자자, 정신 차리고 다시 해보자."

부기사단장의 지도하에 전술훈련이 다시 시작되었다. 그들이 지금 하는 전술훈련은 기존에 있던 것을 조금 변형하여 반복 숙달하는 훈련이었다.

알렌은 다시 그들을 찬찬히 지켜보았다. 그때, 저 멀리서 시종 한 명이 뛰어왔다.

"단장님, 단장님!"

"왜 그러느냐?"

"지금 백작님께서 찾으세요. 지금 당장 집무실로 오시라고 합니다."

"알았다."

대답을 마친 알렌이 부기사단장에게 지휘를 맡겼다.

"부기사단장."

"네, 단장님."

"나는 잠시 백작님을 만나고 올 테니까, 그동안 자네가 훈련 지도를 맡고 있게."

"네, 단장님. 다녀오십시오."

알렌이 부기사단장에게 훈련을 맡기고 몸을 돌려 안으로 들어갔다.

잠시 후, 알렌은 집무실 앞에 멈춰 섰다. 길게 한숨을 내쉬고는 문을 두드렸다.

"알렌입니다."

"들어오세요."

아이린의 목소리가 문 너머에서 들려왔다. 알렌은 잠시 움찔하다 이내 문손잡이를 잡고 안으로 들어갔다. 방 안에는 제이크, 아이린, 네빌 집사, 아크, 이렇게 네 명이 앉아 있었다.

그런데 집무실 분위기가 그다지 좋지 않았다. 제이크와 아이린, 네빌은 평상시 그 분위기지만, 아크만큼은 매서운 눈빛으로 자신을 바라보고 있었다.

알렌은 고개를 갸웃하더니 천천히 고개를 숙여 보고하였다.

"알렌, 백작님의 부름에 왔습니다."

"일단 앉게."

제이크의 음성이 들려왔다. 알렌은 바로 착석하였다. 그런데 제이크의 표정도 그다지 좋지 않았다. 다소 무거워진 분위기에 알렌은 입도 뻥긋하지 못하였다.

"내가 자네를 부른 이유는 이것 때문이네."

제이크가 말을 하며 옆에 앉아 있던 네빌 집사에게 눈짓을 보냈다. 네빌은 살짝 고개를 끄덕이며 손에 들고 있던 서신을 내밀었다.

그것을 받아 든 알렌은 서신을 읽어 내려갔다. 그러던 어느 순간, 눈동자가 커지며 연신 중얼거렸다.

"아니야, 아니라고! 난 절대 그러지 않았습니다!"

알렌이 강력하게 부인하며 서신을 떨어뜨렸다. 그것을 다시 주워 든 네빌 집사가 입을 열었다.

"지난 기사단 회식 때 뭐하셨습니까?"

네빌 집사의 물음에 알렌은 눈을 깜빡이며 그때의 일을 회상했다. 그러자 이내 찰스의 가게에서 만난 그녀가 떠올랐다. 뜨거운 밤을 보내고 난 후, 말도 없이, 그 흔한 메모 한 장 남기지 않고 떠난 그녀를 말이다.

"서, 설마……."

알렌의 눈동자가 급격히 흔들렸다. 그는 무언가 말을 하고 싶었지만, 입 밖으로 나오지가 않았다. 너무나도 충격을 받은 상태였다.

"저, 전 정말 몰랐습니다. 로라는 그냥 술집에서 만난 것이 다였습니다.”

알렌이 언성을 높이며 항변하였다.

알렌은 정말 진심을 담아 말했다. 사실 그것이 진실이었기에. 하지만 지금 상황은 자신에게 매우 불리하였다. 어쨌든 이미 자신은 그녀를 강간한 범인으로 몰린 상태이기 때문이었다.

그리고 자신의 애첩을 강간한 알렌을 후버드 후작이 원하고 있었다. 만약 내놓지 않으면 영지전도 불사하겠다고 경고까지 남겨져 있었다.

네빌 집사가 조용히 말했다.

“어쨌든 후버드 후작의 애첩과 잠을 자기는 했군요.”

“으음……..”

잔 것은 맞았다. 하지만 그녀가 후버드 후작의 애첩이라는 사실은 전혀 몰랐다. 물론 그녀가 자기 입으로 말하기도 뭐한 상황이지만, 굳이 자신도 묻지 않았다. 그것이 알렌에게는 뼈아픈 실책이었다.

알렌의 얼굴이 급격히 굳어졌다. 그는 죄인처럼 고개를 푹 숙였다.

“어떡하지?”

아크가 물었다.

“뭘 어떡해요? 알렌을 내주면 안 돼요.”

“그럼 정말 영지전이라도 하겠다는 거야?”

"그래야 한다면 그래야죠."

아이린이 강하게 말했다. 제이크도 고개를 끄덕이며 말했다.

"나도 같은 생각이야."

"하지만 이건 국가 간의 전쟁이 될 수 있습니다."

네빌 집사가 말을 하였다. 가만히 듣고 있던 알렌이 입을 열었다.

"제가 가겠습니다."

"……?"

"잉?"

알렌의 말에 모두 놀라는 눈치였다.

"그건 안 될 말이에요."

아이린이 강하게 말했다.

"이제야 겨우 안정을 찾은 영지입니다. 그런데 저 하나 때문에 전쟁을 벌일 수는 없습니다. 저 하나만 가면 좋게 끝날 수 있습니다. 그러니 그냥 절 보내주십시오."

알렌이 침통한 얼굴로 조용히 말했다. 그 말을 듣던 제이크가 알렌에게 말했다.

"이것은 단장의 말처럼 그렇게 간단한 일이 아니야."

"그, 그럼?"

알렌이 의아한 얼굴로 물었다.

"단장 자네를 넘겨주면 나의 입장은? 우리 입장은 뭐가 되냐는 말이야. 후버드인지 하버드인지, 그 새끼가 무서워서 백작가의 기사단장을 그냥 넘겨준다고 우습게 생각할 것 아닌가. 단장은 나를 그런 우스운 놈으로 만들 셈이야?"

"그, 그건 아닙니다."

알렌이 곧바로 고개를 숙이며 말했다.

"그럼 잠자코 있어. 싸움을 걸어오면 싸우면 되는 거야. 요즘 내가 너무 조용히 있었어. 이참에 확 쓸어버리면 되는 거야."

제이크는 전에 없이 무서운 눈빛으로 말을 하였다. 아이린도 살짝 몸을 떨며 말했다.

"여보……."

그녀의 부름에 제이크가 피식 웃었다.

"말이 그렇다고. 그보다 이번에는 처남이 나서는 것이 어때?"

"제가 말입니까?"

아크가 자신을 손으로 가리키며 말했다. 그러자 제이크가 고개를 끄덕였다.

"자네가 선봉에 서면 모양새도 좋고, 무엇보다 좋게 끝낼 수 있을 것 같아서 말이야. 내가 한 번 꼭지가 돌면 끝장을 보는 스타일이라서 말이지."

제이크는 그리 말을 했지만, 그래도 왕국의 기사라는 칭호를 받고 있는 아크가 전면에 나서준다면 주변 영지들에도 그렇고, 확실히 모양새가 좋아 보이는 것도 사실이었다.

아크 본인도 그동안 받기만 했지 동생을 위해서, 영지를 위해서 이렇다 할 도움을 주지는 못하였다. 그렇다면 이번 기회에 도움을 주는 것도 좋을 것이라는 생각이 들었다.

"좋습니다. 제가 선봉에 서서 녀석들을 처리하겠습니다."

아크는 강하게 눈빛을 반짝이며 의지를 다졌다.

2

마론 왕국의 국왕은 편안한 표정으로 차를 마시고 있었다. 매일매일 올라오는 국정 보고는 조금 전 서류를 마지막으로 끝이 났고, 이제는 오랜만에 잠깐의 휴식이 주어졌다.

이 시간에 마시는 차는 그야말로 달콤한 사탕과도 같았다. 그때, 그의 휴식을 방해하는 것이 있었다.

"국왕 전하, 젤만 공작이 알현을 청하옵니다."

시종이 허리를 굽힌 채 말을 했다. 순간, 국왕의 얼굴이 와락 일그러졌다. 오랜만에 찾아온 자신만의 휴식 시간을 방해한다는 것에 짜증이 치솟았다.

당장에라도 자신의 휴식을 방해한 저 시종의 따귀를 올려붙이고 싶었다. 하지만 국왕은 그러지 않았다. 그는 자신의 손에 들린 찻잔을 응시하며 한숨을 내쉬었다. 젤만 공작이 직접 알현을 청하는 것이라면 자신도 쉽게 거절할 수는 없었다.

자신의 휴식을 방해한 것은 괘씸하지만, 그래도 귀족들 중 정점에 올라있는 인물이었다. 젤만 공작의 말 한마디에 움직이는 귀족들이 많았다.

때문에 아무리 자신의 권력이 강하다 해도 젤만 공작을 무시할 수는 없었다. 국왕은 찻잔을 내려놓으며 조용히 말했다.

"들라 하라."

"네, 전하."

시종이 조용히 물러났다. 국왕은 상석으로 가서 앉았다. 잠시 후, 젤만 공작이 들어오며 인사를 하였다.

"전하를 뵈옵니다."

"어서 오시오, 젤만 공작. 이리 앉으시오."

"감사합니다, 전하."

젤만 공작이 국왕 옆으로 가서 앉았다. 국왕은 그런 젤만 공작을 보며 물었다.

"젤만 공작께서 이 시간에 왕궁에 어인 일이시오?"

"하하하, 저야 항상 국정을 돌보시는 전하를 걱정하고 있습니다. 그래서 이번에 잠시 여행을 하던 중 바다 건너 낭만국에서 전하께 딱 좋은 것을 구해 이렇게 왔습니다."

낭만국에서 물건을 가져왔다는 말에 국왕의 표정이 바뀌

었다. 바닷길로 일주일가량 가면 낭만국이 있었다. 거기서 나오는 신기한 약재와 보석, 그리고 모형물들은 이곳 마론 왕국에서 아주 희귀한 물건으로 통하고 있었다. 낭만국 사람들은 손재주 또한 좋아 미술품과 도자기까지 아름다움의 극치를 달렸다.

국왕은 그러한 것을 잘 알고 있기에 눈을 빛냈던 것이다.

"허허허, 젤만 공작은 좋겠소. 낭만국까지 여행도 다녀오시고 말이오."

"어찌 저 좋다고 그리하겠습니까. 이것이 다 국왕 전하를 위한 여행이었습니다."

"나를 위한 여행이란 말이오?"

"네, 그렇습니다. 국정을 돌보시는 전하께서는 낭만국에 가고 싶어도 그 여정이 쉽지 않습니다. 그래서 제가 친히 가서 그곳에 대해 알아보고, 외교도 쌓으며, 이래저래 전하께 도움을 드리고자 한 것입니다."

"아, 다 짐을 위한 일이었단 말이구려."

"네, 전하."

젤만 공작의 입에 발린 말에 국왕은 속으로 콧방귀를 뀌었다.

'흥, 사탕발림이 아주 좋아.'

그런 생각을 하고 있을 때, 젤만 공작이 밖을 향해 박수를 쳤다. 그러자 문이 열리며 두 사람이 들어섰다. 두 사람이 양쪽으로 잡고 들어온 것은 하나의 액자였다. 흰 천에 둘러싸여 있어 내용은 확인이 되지 않지만, 딱 봐도 그림이라는 것을 알 수 있었다.

"이것이 제가 전하께 드리는 선물입니다."

"그런가?"

"네, 전하. 한 번 보시겠습니까?"

"그러시게."

국왕의 허락이 떨어지자 젤만 공작이 눈짓을 보냈다. 그러자 한 명이 흰 천을 걷어냈고, 그 안에 그려진 그림이 국왕의 눈을 사로잡았다.

"오오오, 아름답구려. 정말 아름다워."

"하하하, 맘에 드실 줄 알았습니다."

국왕은 액자 속에 그려진 그림에게서 눈을 떼지 못하였다. 그는 마치 자석에 이끌리듯 자리에서 일어나 그림 쪽으로 향했다.

액자에 그려진 화려한 색채와 색감은 국왕의 눈을 한눈에 사로잡았다. 국왕은 한참을 그림에서 눈을 떼지 못하였다. 그 뒤에 서 있는 젤만 공작의 입가로 희미한 미소가 번졌다.

"참고로 말씀을 드리면, 낭만국에서도 가장 유명한 화가의 솜씨랍니다."

"오호, 그런가?"

"네, 전하. 전 최고가 아니면 구하지 않습니다, 전하."

젤만 공작은 자신만만하게 말을 하였다. 국왕은 다시 그림 속에 빠져들었다. 그렇게 다시 한참을 바라보던 국왕이 입을 열었다. 물론 국왕의 시선은 그림에서 떼지 못한 채였다.

"젤만 공작."

"말씀하십시오, 전하."

"이만한 그림을 짐에게 그냥 주지는 않을 것 같은데, 내게 부탁할 것이라도 있는 것이오?"

"하하하, 전하. 그리 말씀하시니 서운합니다. 전 그저 낭만국으로 간 김에 전하께 딱 어울리는 그림을 발견해서 이렇듯 가져온 것뿐입니다."

"그런가? 그냥 주는 것이다, 이 말이오?"

"하하하, 물론 그냥 드리는 것입니다. 다만, 제이크 백작가에 있는 왕국의 기사에 대해서 잠시 드릴 말씀이 있을 뿐입니다."

젤만 공작의 말을 들은 국왕은 입꼬리를 올리며 미소를 지었다. 국왕은 '그러면 그렇지'란 표정을 지은 후 몸을 돌려 뒷짐을 졌다.

"왕국의 기사? 그자가 왜?"

"얘기가 길 것 같습니다."

젤만 공작이 은근히 자리에 앉기를 권했다.

"알겠소. 차를 마시면서 천천히 얘기를 해봅시다."

국왕이 뒷짐을 진 채 천천히 자신의 자리로 돌아갔다. 그 사이 젤만 공작은 그림을 가지고 온 시종들을 향해 눈짓을 보냈다. 시종들은 곧바로 그림을 가지고 다시 밖으로 나갔다.

젤만 공작은 곧바로 몸을 돌려 국왕 옆으로 다가갔다. 그의 얼굴에는 알 수 없는 미묘한 미소가 지어져 있었다.

제이크 백작가의 영지는 영지전을 위해 분주히 움직였다. 그 선두에서 아크가 열의를 가지고 준비를 하고 있었다.

이미 후버드 후작에게도 싸워보자는 의사를 전한 상태였다. 그 소식을 전하자마자 후버드 후작의 군대가 마치 기다렸다는 듯이 움직였다.

아크 또한 그에 맞춰 기사와 병사들을 준비시켰다. 제이크와 아이린, 네빌 집사도 그 외적인 부분에서 도움을 주었다.

필과 폴은 전쟁을 한다는 사실 하나만으로도 기뻐하며어서 빨리 싸우러 나가자며 떼를 썼다. 그런 그들을 진정시키는 역할은 제이크의 몫이었다.

그의 눈빛 한 번에 필과 폴은 쥐 죽은 듯 조용해졌다. 그 사이, 아이린은 네빌 집사와 함께 전쟁 동안 먹을 물과 음식, 그리고 장비까지 하나하나 체크해 나갔다.

그렇게 분주하게 움직이고 있을 때, 경비를 서고 있던 병사가 소리쳤다.

"왕궁에서 온 급한 전령입니다!"

그 소리에 깜짝 놀란 네빌 집사가 왕궁에서 온 전령을 맞이하였다.

"어서 오십시오."

"제이크 백작님은 어디 계십니까?"

"지금 집무실에 계십니다."

"국왕 전하의 긴급한 전령입니다. 직접 전해야 하니 안내해 주십시오."

"아, 알겠습니다. 절 따라오시죠."

네빌 집사는 고개를 갸웃하며 의아해했다. 지금 하버트 왕국의 후버드 후작과 영지전을 펼치려고 하는 와중에 갑자기 국왕 전하의 전령이 찾아온 것이 이상했던 것이다.

네빌 집사는 잔뜩 의문을 품으며 제이크가 있는 집무실로 향했다.

똑똑똑.

"네빌입니다."

"들어와."

집무실 문을 열고 네빌 집사가 안으로 들어섰다. 집무실은 이번 영지전에 대한 준비로 아이린, 아크, 제이크가 분주히 움직이고 있었다.

"무슨 일이지?"

제이크가 묻자 네빌 집사가 바로 말했다.

"왕궁에서 급한 전령이 도착하였습니다."

"왕궁에서? 왜 하필 지금?"

"그건 저도 잘 모르겠습니다. 다만, 급한 전갈이라면서 백작님께 직접 전달해야 한다고 합니다."

"알았어. 들여보내."

"네."

네빌 집사가 밖으로 나가 전령을 안으로 들여보냈다. 전령은 안으로 들어와 제이크 앞에 섰다. 얼마나 급히 달려왔는지 그의 갑옷 곳곳에 먼지가 자욱하게 내려앉아 있었다. 그는 품에서 서신을 꺼내 제이크에게 내밀었다.

"폐하께서 직접 전해 드리라고 하였습니다."

제이크는 그것을 받아 들고 봉인을 뜯었다. 서신을 펼쳐 내용을 확인하는데, 제이크의 표정이 좋지 않았다. 그는 서신을 와락 구기며 던져 버렸다.

"미친 거 아냐?"

제이크의 목소리에 아이린이 급히 구겨진 서신을 집어 들고 내용을 확인하였다. 그 내용은 왕국의 기사인 아크는 이번 영지전에 참여시키지 말라는 내용이었다. 혹여 영지전에 왕국의 기사가 참여했다가 자칫 국가전으로 발전될 수 있다는 얘기였다.

만약 자신의 말을 무시하고 참여시켰다가는 왕국을 적으로 돌릴지도 모른다는 말도 함께 적혀 있었다.

아이린은 구겨진 서신을 들고 부르르 떨었다. 옆에 있던 아크도 서신의 내용을 확인하고는 어이가 없다는 표정이 되었다.

"아나, 씨팔! 국왕이 이래도 돼? 이따위 왕국의 기사 칭호 도로 가져가라고 해! 씨팔, 이딴 칭호 때문에 내가 얼마나……."

아크가 열을 내며 소리쳤다. 아이린도 선뜻 위로를 하러 나서지 못하였다. 그녀도 이건 해도 너무한 처사라는 생각이 들었다.

"그러게요, 왕국의 기사 칭호가 이런 족쇄가 될 줄 알았다면 받지 말 걸 그랬어요."

아이린도 처음으로 서운한 감정을 내세웠다. 제이크도 분노하기는 마찬가지였다. 그의 눈동자가 검게 변하였고, 그의 몸 주위로 검은색 마기가 일렁거렸다.

국왕의 서신을 전하러 온 전령에게 그 마기가 쏟아졌다.

"으으으윽……."

전령은 검은 마기가 자신의 몸을 감싸자 당황하였다. 그러다가 목이 조여지자 손을 부르르 떨며 곧 숨이 끊어질 듯 보였다. 아이린이 그 모습을 보지 않았다면 그 전령은 마기에 의해 몸이 가루로 변해 버렸을지도 몰랐다.

"여보."

아이린이 제이크의 팔을 붙잡았다. 그제야 정신을 차린 제이크의 눈동자가 다시 정상으로 돌아오며 아이린에게 향했다. 전령을 감싸고 있던 검은 마기도 어느새 사라지고 없었다.

전령은 바닥에 쓰러진 채 기침을 하였다.

"콜록, 콜록, 콜록!"

제이크가 그에게 다가갔다. 그러고는 무릎을 꿇고 있는 전령에게 귓속말을 하였다.

"가서 국왕에게 전해. 그냥 난 조용히 지내고 싶었다고. 그런데 자꾸만 날 조용히 살게 내버려 두지 않는지 그에 대해 묻겠다고 말이야. 이 전쟁을 끝내고 조만간 찾아가겠다고 전해."

제이크는 나직이 속삭였지만, 그 말을 듣는 전령의 몸은 부르르 떨렸다. 눈동자에는 공포심마저 들어 있었다. 제이크의 말이 끝나자 전령은 고개를 빠르게 끄덕이고는 몸을 일으켜 집무실을 나갔다.

그런 모습에 아이린이 걱정 어린 눈빛으로 물었다.

"뭐라고 했어요?"

"아니야. 그냥 잘 알겠다고 국왕에게 전하라 했어."

제이크가 웃으며 말을 했지만, 아이린은 그가 거짓말을 하고 있다는 것쯤은 알 수 있었다. 하지만 더 이상 묻지는 않았다.

제이크가 그렇게 경우 없는 짓을 할 사람이 아니라는 것을 잘 알고 있기 때문이었다.

그때, 제이크가 박수를 쳐 주의를 환기시키며 말했다.

"자자, 정신들 차리자고. 이제 상황이 바뀌었으니, 그에 맞게 다시 계획을 세워봅시다."

제이크의 말에 아이린과 네빌, 아크가 고개를 끄덕였다. 아크는 자꾸만 자신 때문에 일이 틀어지자 더욱 미안해하였다.

"매제, 내가 면목이 없습니다. 이번 전쟁이 끝나면 왕국의 기사 칭호는 당장에 돌려주겠습니다."

"아니, 그러지 마. 국왕과의 담판은 내가 지을 테니, 처남은 이번 보급을 책임져 줬으면 좋겠는데. 그리해 줄 수 있지?"

"다, 당연합니다."

"그리고 있다가 따로 나 좀 봐."

제이크의 말에 아크가 고개를 끄덕였다.

3

.

회의를 마친 아크는 지하 연무장으로 발걸음을 옮겼다. 지하 연무장 입구에 도착한 아크는 문을 열고 아래로 내려갔다.

지하 연무장은 횃불로 내부를 밝히고 있었다. 그 중앙에 제이크가 서 있었다.

"매제, 저 왔습니다."

"아, 처남."

제이크가 반갑게 그를 맞이하였다. 아크는 넓은 지하 연무장을 바라보며 잠시 눈을 반짝였다.

"이곳에 이런 연무장이 있다니, 조금 놀랐습니다."

"하하하, 다행이지 않나. 내가 연습할 수 있는 공간이 있다는 것이 말이야."

"그보다 죄송합니다. 저 때문에 자꾸 안 좋은 일만 생기고……."

아크는 진심으로 미안해하였다. 동생을 위해, 영지에 도움을 주기 위해 왔는데, 자꾸만 일이 꼬여가고 있었다.

"신경 쓰지 마. 미친놈들이야. 이럴 줄 알았으면 그때 그냥 후작가도 처리해 버리는 것인데……."

제이크는 두 주먹을 불끈 쥐며 인상을 찌푸렸다. 하지만 그 당시는 여러 사정상 여건이 되지 않았다. 돈도 없을뿐더러 그만한 병사들도 없었다. 딱 백작가를 흡수시키는 것이 한계였다.

물론 지금의 상황이었다면 베이런 후작가도 집어삼켰을 것이다. 그런데 아크의 입에서 뜻밖의 말이 들려왔다.

"차라리 그럽시다. 후버드 후작가를 집어삼켜 버립시다. 꼼짝도 하지 못하게 말입니다."

"뭐?"

아크의 입에서 의외의 말이 나오자 제이크는 눈을 크게 떴다.

"사실, 이곳으로 오기 전에 하버트 왕국의 후버드 후작에 대해서 들은 얘기가 있습니다."

"어떤 얘기?"

제이크가 관심을 가지며 물었다.

"후버드 후작은 원래 하버트 왕국 왕비의 오라비입니다. 그 덕에 출세하여 이렇듯 커버린 것이지요. 그런데 문제는 너무 커버렸다는 것입니다. 왕비의 뒤를 믿고 너무 안하무인이라고 합니다. 그렇다고 국왕이 왕비의 오라비인 그를 어찌할 수도 없었고, 그래서 변방 국경 지역으로 보내 버린 것입니다. 하지만 안에서 새는 바가지가 바깥에서는 가만히 있겠습니까. 변방으로 쫓겨났다는 분풀이를 주변 마을과 영지들에게 해 댔습니다. 게다가 뒤로 챙기는 어마어마한 재화는 국왕도 모를 정도라고 합니다. 그 때문에 국왕은 그를 눈엣가시처럼 여기고 있었습니다. 왕비 때문에 어떻게 할 수도 없고 말이죠. 그런데 이번 기회에 매제께서 후버드 후작을 처리해 준다면 하버트 국왕으로서는 손대지 않고 코를 푸는 격일 것입니다."

"으음……."

제이크는 아크의 말을 듣고 생각에 잠겼다. 그의 말대로 영지전을 통해 후작령을 차지해 버려도 괜찮을 것 같았다. 하지만 하버트 왕국의 국왕이 들고일어난다면 그 또한 문제가 되었다.

그렇지만 아크가 말한 대로 국왕이 그런 생각을 가지고 있다면 얘기는 달라졌다. 녀석의 영지를 차지하거나, 아니면 몰래 녀석을 처리해 준다면…….

제이크가 생각을 하고 있는 사이, 아크가 말을 덧붙였다.

"만약에 후버드 후작령의 상당수를 차지한다면 하버트 왕국은 물론이고, 마론 왕국에서도 함부로 굴지 못할 것입니다."

"그래?"

제이크는 아크의 제안이 왠지 솔깃하였다.

"알았어. 우선 하버트 왕국 국왕의 진짜 의중을 떠보면 되겠지."

제이크가 눈을 반짝이며 말했다. 그의 말을 들은 아크가 물었다.

"매제가 직접 찾아가 볼 겁니까?"

"아니, 필과 폴, 두 녀석을 보낼 생각이야."

"그 두 녀석을요?"

아크의 눈이 커졌다. 그러다가 이내 입꼬리를 올렸다.

"그거 좋은 생각입니다. 그런데 사고는 치지 않겠죠?"

"걱정 마, 고문하는 데에는 도가 트인 녀석들이니까. 죽을 만큼 공포를 심어줘서 약간의 후유증이 남지만……."

제이크는 끝말을 흐렸다. 아크도 다 듣지는 못했지만, 그 두 녀석이라면 괜찮을 것 같았다. 그때, 문득 아크는 자신이 왜 이곳으로 왔는지에 대해 궁금증이 들었다.

"아, 맞다. 절 여기에 부른 이유가 무엇입니까?"

"아, 그건 자네에게 검술을 좀 배워볼까 해서 말이야."

"네에? 검술요?"

"으응, 그것도 성기사 검술을 말이야."

순간, 아크는 자신이 잘못 들었나 싶어 손가락으로 귀를 후빈 후 다시 물었다.

"정말 제게 검술을 배우고 싶단 말입니까?"

"그렇다니까."

"아니, 나보다 강하신데, 왜요?"

"난 사실 파괴를 목적으로 하는 검술이니까. 게다가 오랫동안 피 맛을 보면 이성을 상실해 헬 나이츠로 변할지도 몰라. 그리되면 그곳은 지옥이 되어버려. 물론 그러고 싶은 생각은 굴뚝같지만 지금은 그럴 상황이 아니라서 말이지."

"그럴 상황이 아니라는 말이 무엇입니까?"

"그건 지금 당장 말해줄 수가 없어. 어쨌든 가르쳐 줄 거야, 말 거야?"

"가르쳐 주는 거야 어렵지 않습니다. 하지만 상성이 맞겠습니까? 어둠과 빛인데……."

"하하하, 괜찮아. 어차피 마기는 갈무리할 것이고, 무엇보다 난 어둠이기 전에 빛에 있었거든. 그러니 걱정 마."

"알겠습니다. 매제가 원한다면 가르쳐 드리겠습니다."

"그래, 고마워. 어쨌든 난 당분간은 인간 기사들처럼 싸우는 것을 배워야 하거든. 이곳에 남아 있을 아이린과 애들을 위해서는……."

뒷말은 아주 작은 소리로 중얼거렸다.

"으응? 뭐라고 했습니까? 뒷말을 듣지 못했습니다."

"아니, 열심히 해보겠다고."

"아아, 알겠습니다. 그럼 일단 검술을 알려 드리겠습니다."

그런 후, 제이크는 아크에게서 신성제국의 성기사들만 할 수 있는 성기사 검술을 배웠다. 워낙에 감각이 있고 센스가 있어 한 번 가르치면 곧바로 흡수를 해버렸다.

그가 배우는 속도에 아크는 놀랐다. 약 일주일 만에 제이크는 아크가 가지고 있던 성기사 검술을 거의 마스터한 것이다.

아크가 보기에 제이크의 전투 센스는 가히 신이나 다름이 없었다. 그리고 서서히 전쟁의 시간이 다가오고 있었다.

Episode 48

영지전(下)

1

후버드 후작가에서는 아침 일찍부터 넓은 공터가 수많은 사람들로 가득 차고 있었다. 그들은 모두 후버드 공작가의 병사들이었다. 어디서 나타났는지 수천 명의 병사들이 갑옷을 걸친 채 하나둘 집결하고 있었다.

그들은 평소에는 농경지에서 밭일과 농사일을 하면서 지내다가 소집 명령이 떨어지면 농기구 대신 갑옷과 창, 검을 들고 약속된 장소에 모였다.

다른 아낙네들과 어린아이들, 그리고 노인들은 그들을 배웅하고는 슬픈 눈망울로 작별의 인사를 나누었다.

그렇게 병사들이 모여들자 주위의 분위기는 매우 삭막했

다. 오랫동안 평화를 유지해 오다 이제 곧 전쟁을 한다는 사실에 긴장이 되고 두려움이 앞서는 것이 사실이었다.

병사들 사이로 기사의 모습도 하나둘 보였다. 그들의 지휘로 병사들이 정렬하며 모이기 시작하였다.

병사들과 달리 기사들의 갑옷은 모두 다 새것이었다. 얼마나 광을 냈는지, 아침 햇살에 반사되어 번쩍번쩍 빛이 났다.

어쨌든 이번 전쟁을 통해 얻는 것도 많을뿐더러, 미리 지원까지 받은 터라 기사들은 자신의 무장에 아낌없이 투자를 하였다.

후버드 후작가의 기사들은 대략 100여 명 정도 되었다. 징집 병사들은 2만 5천 명 정도고, 영지를 지키는 병사를 약 천여 명만 남겨두고 모두 전장에 나설 생각이었다. 그렇게 출격을 위한 준비가 거의 끝나갔다.

그사이, 후버드 후작은 자신의 집무실에서 갑옷을 걸치고 있었다. 그의 갑옷은 여기저기 보석들이 박혀 있고, 딱 봐도 폼을 내려고 만든 것처럼 보였다.

그가 시종들의 도움을 받으며 갑옷을 입고 있는 동안, 기사 두 명이 모습을 드러냈다. 두 사람은 후버드 후작을 향해 예를 표했다.

"기사단장, 카르폰이 후버드 후작님께 인사드립니다."

"부기사단장, 폰트가 후버드 후작님께 인사드립니다."

두 기사의 인사에 흡족한 미소를 지은 후버드 후작은 다 입은 갑옷을 툭툭, 치며 말했다.

"준비는 다 끝났나?"

"넵!"

"넵, 후작님. 모든 준비가 끝났습니다. 지금 당장이라도 출진할 수 있습니다."

기사단장의 힘찬 대답을 들은 후버드 후작은 매우 흡족한 얼굴로 고개를 끄덕였다.

"좋아, 잘했다. 지금 병사들은 어디에 있는가?"

"현재 동쪽 외곽, 성 근처에 집결해 놓은 상태입니다."

"알겠다. 두 사람은 먼저 가서 대기하도록. 준비되는 대로 곧바로 출진하도록 하겠다."

"알겠습니다, 백작님."

카르폰 기사단장이 인사를 하고 몸을 돌렸다. 그의 푸른 망토가 유난히 펄럭거렸다.

두 기사가 나가고 홀로 남은 후버드 후작이 창가로 갔다. 그는 뒷짐을 진 채 창가 너머를 바라보았다. 이제 출진할 준비도 끝이 나고, 명분도 얻어 점령만 하면 되었다.

"후후후, 역시 젤만 공작의 말대로군. 녀석을 절대 내놓지 않았어. 이 얼마나 재미난 일인가. 크크크, 크하하핫!"

후버드 후작이 크게 웃음을 터뜨리고 있을 때, 성안으로 한 대의 마차가 들어섰다. 그 마차에서 누군가 내렸다. 그를 본 후버드 후작의 눈빛이 바뀌었다.

"응? 왕비님 곁에 있던 놈인데?"

후버드 후작이 곧바로 집무실을 나섰다. 일층으로 내려가는 계단 앞에 섰을 때, 아까 마차에서 내리던 녀석이 대기하고 있었다.

"자넨 왕비님을 보필하던 녀석이 아닌가."

후버드 후작의 말에 녀석은 곧바로 인사를 하였다.

"왕비님을 모시는 나바로입니다."

"오냐, 그런데 자네가 여긴 어쩐 일인가?"

"왕비님의 말씀을 전해 드리기 위해 왔습니다."

"왕비님께서? 그래, 무슨 말씀을 하시더냐?"

"그것이…… 왕비님께서 이번 전쟁을 하지 않았으면 하는 바람을 전했습니다."

"아니, 왜? 무슨 일로?"

"그것은 자세하게 모릅니다. 그저 전 이 말만 전해 드리라고 했습니다."

나바로는 무표정한 얼굴로 말했다.

"왕비님께서 그리 말씀하셨다면 그리해야겠지만, 이미 전쟁 선포를 한 상태다. 그러니 어쩔 수가 없다."

"안 그래도 왕비님께서 이 말씀도 해주셨습니다. 만약 그래도 전쟁을 하겠다면, 자신의 도움은 일체 없을 것이라고 하였습니다. 또한 왕국에서의 지원도 없다고 말입니다."

녀석의 말에 순간 후버드 후작의 표정이 굳어졌다.

"정녕 왕비님께서 그리 말씀하셨느냐?"

"네, 그렇습니다. 너무 급한 나머지 글로 옮기지는 못하였다고 합니다."

"알겠다. 어차피 지원 받지 않아도 내 스스로 처리할 수 있는 문제였다. 물러가라."

"네, 후작님."

나바로가 물러나고 홀로 남은 후버드 후작이 미간을 찡그렸다.

"그래도 오라비인데……."

후버드 후작의 표정에 복잡미묘하게 바뀌었다. 그러다가 뭔가 훌훌 털어버리는 기분으로 말했다.

"됐어, 어차피 도움을 요청할 생각도 없었다. 그리고 내겐 든든한 지원군도 있으니까."

후버드 후작이 피식 웃었다. 그의 든든한 지원군은 젤만 공작이다. 젤만 공작을 믿고 이렇듯 전쟁을 선포한 것이었다.

"자, 어차피 일은 벌어졌다. 이제 이번 일을 얼마나 빠르게 처리하느냐가 중요하지."

후작은 그 말을 하고는 갑옷을 철컹철컹거리며 밖으로 나갔다. 한참을 이동한 끝에 준비된 말로 갔다. 갑옷이 무거운 관계로 시종의 도움을 받은 그가 낑낑거리며 말 위에 올라탔다.

"젠장, 갑옷이 왜 이렇게 무거워? 돌아오면 바꿔야겠다."

그렇게 스스로에게 다짐을 하고는 말을 몰았다.

처음에는 천천히 걸어가는 것으로 시작해서 점점 속도가 올라갔다. 그러고는 이내 힘차게 말의 옆구리를 발로 찼다.

이히히힝!

말의 긴 울음소리와 함께 후버드 후작은 병사들이 집결한 공터로 힘차게 내달렸다.

외곽 동쪽, 성문에는 만 명의 병사들이 무기를 들고 서 있었다. 그 앞에 카르폰 기사단장과 폰트 부단장이 대기했다. 그들은 곧 출진할 태세를 갖추고 후버드 후작이 오기만을 기다렸다.

잠시 후, 화려한 갑옷을 걸친 후버드 후작이 흰말을 타고 나타났다. 후버드 후작의 등장으로 인해 이들은 출진할 준비를 모두 마쳤다.

후버드 후작이 힘겹게 말에서 내렸다. 그러자 카르폰 기사단장이 우렁찬 목소리로 외쳤다.

"부대 차렷!"

척! 처처처척!

카르폰 기사단장의 힘찬 목소리에 만 명의 병사들이 일

제히 차렷을 했다. 그 소리가 공터 가득 울려 퍼졌다. 기사와 병사들의 움직임에 매우 흡족한 미소를 지은 후버드 후작이 고개를 끄덕였다.

그러자 카르폰 기사단장이 몸을 돌려 후버드 후작에게 보고를 하였다.

"기사 150명, 병사 만 명 출진 준비가 끝났습니다."

"음, 고생했다."

후버드 후작은 정렬해 서 있는 만여 명의 병사들을 바라보았다. 깔맞춤을 한 듯 똑같은 갑옷을 걸친 병사들을 보니 마음이 뿌듯했다.

"역시 돈을 들인 보람이 있어."

한눈에 봐도 뭔가 있어 보이는 것이, 이번 영지전을 100% 승리로 장식할 것이 분명했다.

후버드 후작은 기사들과 병사들을 보며 절로 기분이 좋아졌다. 아무리 자신이 준비했다고 해도 이렇게 멋있는 부대는 본 적이 없었다.

후버드 후작은 절로 입가에 미소가 지어졌다.

"후후후, 이 정도면 충분해. 이번 영지전 이길 수 있어. 그 누구의 도움도 필요 없어. 나 혼자 할 수 있다고. 돈이야 다시 벌어들이면 되는 거고."

후버드 후작은 혼잣말을 중얼거린 후, 천천히 걸음을 옮겨 단상에 올라섰다. 그는 질서 정연하게 늘어선 병사들을 한차례 훑어보았다.

그때, 옆으로 기사단장인 카르폰이 다가왔다.

"후작님, 모든 준비는 끝났습니다. 명령만 내려주십시오."

"내 눈에도 지금 보인다. 아주 좋구나. 고생했다."

후버드 후작의 흡족함이 담긴 말에 카르폰 기사단장도 입가에 미소가 번졌다. 그만큼 공들여 준비한 것에 보상을 받는 기분이었다.

"저희들은 꼭 후작님께 승리를 안겨 드릴 것입니다."

"좋아, 좋아."

후버드 후작이 고개를 끄덕이며 대답을 하였다. 그리고 천천히 걸음을 옮겨 단상으로 올라갔다. 단상 위에 올라서서 정렬되어 있는 기사들과 병사들을 둘러보았다.

단상 위에서 보니 더욱 뿌듯함이 밀려왔다. 그는 찬찬히 병사들을 훑어본 후, 큰 소리로 외쳤다.

"병사들이여, 우리는 강하다! 강한 만큼 제이크 백작가를 박살 낼 수 있다. 자, 가자!"

"와아아아아아! 후버드 후작님 만세!"

"깨부수자! 부숴 버리자!"

"우리는 강하다!"

만 명이 힘차게 외치는 함성 소리에 후버드 후작은 가슴이 요동쳤다. 심장이 심하게 바운스하며 자신도 모르게 흥분이 되었다.

잔뜩 격앙된 얼굴로 있던 후버드 후작이 자신도 모르게 한 손을 높게 쳐들었다. 그 순간, 만 명의 병사가 일제히 환호성을 질렀다.

"와아아아아—!"

엄청난 함성이 단상에 서 있는 후버드 후작의 몸을 고스란히 강타하였다. 그 순간, 뇌전에 감전된 듯 몸이 부르르 떨리며 전율이 일어났다. 후버드 후작은 눈을 감은 채 몸을 한차례 부르르 떤 후, 눈을 번쩍하고 떴다.

'후후후, 기다려라, 제이크 백작. 내가 곧 간다. 너의 땅은 바로 내 것이 될 것이다.'

후버드 후작은 그 어느 때보다 자신감에 가득해 보였다. 그는 그 누구와 싸우더라도 이길 자신이 있었다. 그는 눈을 반짝이며 힘차게 몸을 돌렸다. 단상을 내려오는 그의 망토가 바람에 나부꼈다.

"멋졌습니다, 후작님."

어느새 다가온 카르폰 기사단장이 고개를 조아리며 말했다. 단상에서 내려온 후버드 후작은 아직까지 흥분이 가시지 않은 얼굴로 말했다.

"당연하지. 난 원래 멋있는 사람이니까."

"당연한 말씀이십니다."

"어쨌든 지금 당장 가지."

"넵, 바로 출발하면 됩니다."

후버드 후작은 고개를 끄덕이며 자신의 말로 향했다. 시종의 도움을 받아 육중한 몸을 말 위에 올렸다. 그는 다시 한 번 고개를 돌려 뒤에 정렬해 있는 병사들을 바라보았다. 그러고는 힘차게 소리쳤다.

"자, 가자!"

"우오오오오오!"

후버드 후작을 선두로 만 명의 병사들이 일제히 걸음을 옮겼다. 그들이 한 걸음 내걸을 때마다 땅이 진동하고 가슴이 요동쳤다.

2

제이크도 전쟁을 치를 준비를 모두 끝냈다.

이번에는 에페로 자작령에서의 증원도 부르지 않았다. 그곳도 그곳 나름대로 지켜야 할 것이 있기 때문이었다. 모든 준비를 마친 제이크가 말 위에 올라탔다. 그 뒤에는 알렌 기사단장이 무거운 표정으로 말 위에 있었다.

제이크는 그들을 한차례 둘러보고는 힘차게 말했다.

"가자!"

척척척척!

병사들이 내딛는 발걸음 소리가 하늘 가득 울려 퍼졌다.

아이린은 멀어지는 제이크를 바라보며 걱정스런 표정이 되었다.

"조심히 잘 다녀와요."

"걱정 마, 매제는 잘할 거니까."

어느새 아이린의 뒤쪽으로 다가와 조용히 말을 건네는 아크였다. 아이린은 그런 아크를 바라보고는 애써 미소를 지었다.

"에페로 자작령에서 베일 기사단장이 지원하러 오겠다고 하는 것을 거절했다고 하던데⋯⋯."

"네에, 이번에도 최소한의 인원으로 최대한의 효과를 볼 요량이에요."

"그래, 자신만만하더라. 그리고 이런 말을 하더구나. 이번에 자신은 인간답게 싸울 거라고."

"네에? 그게 무슨?"

아이린이 놀라며 물었지만, 아크는 고개를 절레절레 흔들 뿐이었다.

"모르겠어, 왜 그런 말을 했는지. 다만, 어젯밤 지하 연무장에서 내게 묻더군. 인간들이 싸우는 법은 어떻냐고. 그래서 그냥 인간답게 싸우는 법을 알려줬을 뿐이야."

"그래요? 저이가 왜 그런 말을⋯⋯."

아이린은 고개를 갸웃하며 멀어지는 제이크를 바라보았다. 하지만 그것도 잠시. 아크가 피식, 웃었다.

"난 알겠는데."

"네에? 뭘 알아요?"

"매제가 뭐 때문에 그러는지."

"뭔데요?"

"내가 해줄 수 있는 말은 그냥 매제를 믿어보라는 거야. 돌아오면 매제 스스로가 알려주겠지."

아크의 알 수 없는 말을 들으며 아이린은 작게 한숨을 내쉬었다. 전에도 그랬고, 이번에도 아이린은 제이크를 믿었다. 그가 무사히 살아 돌아올 것이라는 것을 말이다.

"네에, 전 언제나 믿고 있어요."

아이린의 눈은 정말 믿음으로 가득했다. 그러다가 아이린이 누굴 찾는지 주위를 두리번거렸다.

"누굴 찾아?"

"폴과 필 님이 보이지 않아요."

"그러게. 요 며칠 보이지 않던데, 이런 중요한 때에 어딜 간 것이지?"

아크는 그 두 사람이라면 큰 전력이 될 것이라는 것을 알고 있었다. 그런데 후버드 후작의 선전포고가 있고 난 후부터 보이지 않았다.

"어딘가 있겠죠. 그 두 분은 워낙에 신출귀몰해서……."

아이린은 말을 하면서도 어색한 미소를 지었다.

제이크 백작령으로 향하는 대로변으로 만여 명에 달하는 병사들이 이동하고 있었다. 그들은 손에 기다란 창을 쥐고 질서정연한 모습으로 움직였다.

그 끝이 보이지 않는 부대의 행렬은 그야말로 장관이었다. 그 선두에 후버드 후작이 늠름한 자세로 말을 타고 있었다.

후버드 후작령을 떠난 지 어느덧 일주일이라는 시간이 흘렀다. 그동안 병사들의 사기를 생각해서 이동에 큰 무리수를 두지 않았다.

그래서 천천히 이동을 하였다. 그리고 파이란 평야를 앞에 두고 본진이 멈추었다. 잠시 후, 정찰을 나갔던 기사가 말을 타고 돌아왔다.

"후작님께 보고합니다."

"하라."

"전방에 파이란 평야가 보입니다."

"그래? 그럼 본진은 이곳에서 군영을 갖추고 싸울 준비를 한다. 폰트!"

"네, 후작님."

후버드 후작의 부름에 폰트 부기사단장이 앞으로 나섰다.

"자넨 기사 20명과 병사 2천을 전진 배치해서 놈들에게 우리의 위용을 보여주도록!"

"네, 알겠습니다."

폰트 부기사단장은 즉시 병력을 이끌고 파이란 평야를 향해 움직였다. 그사이 후버드 후작의 본진은 군영을 펼치며 이동에 대한 피로를 풀기 시작하였다.

폰트 부기사단장은 선발대로 온 기사와 병사들을 이끌고 파이란 평야 인근 야산에 군영을 꾸렸다. 본진과는 약 1km 떨어진 곳이었다.

"이곳에서 짐을 푼다."

"넵!"

힘찬 외침과 함께 서둘러 야영을 준비하였다. 몇몇 병사들은 주변을 경계하며 보초를 섰고, 만일의 사태를 대비해 주변을 정리하는 것도 잊지 않았다.

그렇게 약 두 시간가량 준비를 한 끝에 마무리가 되었다. 폰트 부기사단장은 서둘러 본진에 보고할 서류를 작성하기 위해 간이 막사로 이동을 하였다.

그때, 병사 한 명이 급히 달려왔다.

"부기사단장님."

폰트 부기사단장은 막사로 가던 걸음을 멈추었다. 달려온 병사는 급히 인사를 했다.

"무슨 일이냐?"

"주변을 어슬렁거리던 놈들을 잡아왔습니다."

"그래? 이리로 데려오너라."

"넵."

막사 입구에서 폰트 부기사단장이 기다렸다. 잠시 후, 병사들에 의해 포박당한 채 끌려오는 두 명을 보았다. 한 명은 뚱뚱하며 키가 작고, 다른 한 명은 옆의 사내보다 두 배는 커 보이는 마른 체구였다.

병사는 두 사람의 등을 밀며 폰트 부기사단장 앞에 무릎을 꿇게 했다.

"꿇어라!"

그러자 잡혀온 두 명 중 뚱뚱한 사내가 입을 열었다.

"알았어, 알았다고. 살살해."

뚱뚱한 사내는 살짝 짜증을 내며 병사의 말을 들었다. 마른 체구의 사내는 그저 묵묵부답이었다. 폰트 부기사단장은 그런 두 사내를 찬찬히 훑어보았다.

둘 다 거지 차림이었다. 그렇다고 녀석들이 누구인지 신분을 나타내는 것은 아무것도 없었다.

"너희들은 누구냐?"

폰트 부기사단장이 물었다.

하지만 두 사람의 입에서는 그 어떤 말도 들려오지 않았다. 그러자 옆에 서 있던 병사가 자신의 창으로 꾹꾹 찌르며 소리쳤다.

"네 이놈! 부기사단장님께서 묻지 않느냐! 어서 대답하지 못할까!"

그 말에 뚱뚱한 사내가 낮게 한숨을 내쉬었다.

"하아, 어째 그때랑 똑같냐?"

"내 말이."

빼빼 마른 사내도 그에 동조를 하며 중얼거렸다. 병사는 두 사람의 대화를 듣고는 황당한 표정이 되었다.

"이, 이것들이 미쳤나? 지금 너희들 포로거든?"

"알아, 우리가 붙잡혔다는 것을. 그래서 뭐? 어쩌라고?"

뚱뚱한 사내는 적반하장식으로 소리를 고래고래 지르며 말했다. 그에 병사는 얼굴이 붉으락푸르락해지며 어찌하지를 못했다.

"이, 이……!"

병사는 당장에라도 창을 들어 녀석들을 찔러 죽일 태세였다. 그에 폰트 부기사단장이 손을 들어 제지했다.

"그만! 말을 하지 않아도 된다. 어차피 이곳은 곧 전쟁터가 될 것이다. 그런 곳에 있었다는 것은 수상한 녀석이라고 볼 수 있다."

"그럼 어떻게 할까요?"

병사가 물었다. 폰트 부기사단장은 잠시 생각을 하더니, 이내 말했다.

"우선은 막사 안에 가둬두어라. 혹시라도 녀석들에게서 알아낼 것이 있다면 알아내야지."

"넵, 부단장님."

병사는 폰트 부기사단장에게 지시를 받고는 두 녀석을 쳐다봤다. 그러고는 창끝으로 등을 툭, 치며 말했다.

"이놈들아, 일어나!"

두 사내가 어슬렁어슬렁 일어났다.

"가자!"

그런 후, 병사에게 이끌려 구석에 마련된 막사로 이동하였다. 폰트 부기사단장은 그런 두 사내를 힐끔 쳐다보고는 몸을 돌려 막사 안으로 들어갔다.

폰트의 입장에서는 정찰병이든 아니든 모든 준비를 마쳤기에 상관이 없었다. 어차피 놈들이 쳐들어온다고 해도 막으면 그만이었다.

폰트 부기사단장은 막사로 들어가기 전, 다시 한 번 지시를 내렸다.

"주변 경계를 철저히 하라!"

"네, 부단장님!"

폰트 부기사단장은 지시를 내리고 막사 안으로 들어갔다.

그사이 병사들에게 이끌려 막사 안으로 들어가는 두 사내 중 마른 체구가 중얼거렸다.

"우리는 왜 만날 이런 짓을 해야 하지?"

그러자 뚱뚱한 사내가 바로 말했다.

"어쩌겠어. 까라면 까야지."

"젠장, 맘에 안 들어."

마른 체구가 인상을 팍 찡그렸다. 그러자 그 뒤에 있던 병사가 소리쳤다.

"시끄러! 뭘 그리 중얼거려! 어서 가지 못해!"

"네네."

그렇게 두 사내는 병사들에 의해 막사 안에 가둬지게 되었다.

하지만 후버드 후작 병사들은 몰랐다, 이 두 사람이 예전 채플 백작가와의 싸움에서 광란의 피바다를 만들어낸 폴과 필이라는 사실을 말이다.

파이란 평야에도 어느덧 밤이 찾아왔다. 구름 한 점 없는 밤하늘은 수많은 별들로 가득했다. 그중 가장 으뜸은 바로 달이었다.

하얀 달은 늦은 밤임에도 주변을 환히 밝혀주었다. 후버드 후작군의 선발대 병사들도 주위가 밝아서인지 경계를 서는 데 큰 문제가 없어 보였다.

탁 트인 공간에다가 달빛마저 밝게 비춰주니, 어느 누구라도 쉽사리 습격을 할 수 있을 것으로 보이지는 않았다.

부욱— 북!

그 순간, 막사 옆구리가 찢어지는 소리가 들렸다. 그것이 살짝 벌어지자 그곳에서 네 개의 붉은 눈빛이 번쩍였다. 막사 주위를 지키는 두 명의 병사는 그것을 전혀 눈치채지 못하였다.

찢어진 막사 옆으로 네 개의 붉은 눈빛이 나뉘며 두 명의 병사 뒤쪽으로 조심스럽게 다가갔다. 그러고는 곧바로 두 병사를 덮쳤다.

"읍!"

"흡!"

우두둑!

두 병사가 고함을 지르지 못하게 입을 막고는 그대로 목을 꺾어버렸다. 목이 부러진 병사는 그 자리에 쓰러졌다. 잠시 후, 그곳에 나타난 인물은 바로 폴과 필이었다.

폴과 필은 막사에서 나와 하늘을 올려다보았다. 밝게 빛나는 달을 쳐다보며 입가에 희미한 미소가 번졌다.

"오늘도 그때와 같이 달이 무지 밝네."

폴이 말했다.

"그러게. 그때와 마찬가지로 광란의 밤을 즐기기에는 아주 안성맞춤이지."

필이 동조했다.

"킥킥킥. 그래, 맞아. 그런데 인원이 그때보다 많은데?"

"왜? 겁나?"

"무슨 소리! 죽일 것들이 많아서 그렇지."

"그렇지. 죽일 놈들이 많으면 기분이 좋지."

"클클클! 맞아, 맞아."

폴과 필은 서로 얘기를 주고받으며 붉은 눈동자가 더욱 빛을 발했다.

"그럼 또 한 번 한바탕 휘저어볼까?"

"크크크, 거 좋지. 신명나게 한바탕 놀아보자고."

"그럼 이번엔 내가 먼저!"

이번에는 폴이 먼저 오른쪽으로 움직였다. 그 모습을 보던 필이 비릿한 미소를 지었다.

"이번만 양보하는 거야."

그렇게 말을 하고는 반대쪽으로 뛰어갔다. 그렇게 얼마 지나지 않아 여기저기서 비명 소리가 울려 퍼졌다.

"크악!"

"으아악!"

동료들의 비명 소리에 막사에서 휴식을 취하고 있던 다른 병사들이 우르르 튀어나왔다.

"뭐야? 무슨 일이야?"

"저, 적이다! 적이 나타났다."

쨍쨍쨍쨍!

적이 나타났다는 소리에 고요했던 선발대 진영은 그야말로 아수라장이 되었다. 경계를 서는 병사들 빼고 나머지는 모두 막사에서 잠을 자고 있었다.

그런데 아닌 밤중에 홍두깨라고, 갑자기 닥쳐든 적의 습격에 모두들 우왕좌왕하며 장비를 챙기기 시작했다. 모두가

예외 없이 잠에서 깨어나 장비를 착용했다. 그때, 옆의 천막에서 동료 병사들의 비명 소리가 들려왔다.

"으아아악!"

"크악!"

그러자 기사가 장비를 착용하며 다급하게 외쳤다.

"어서 서둘러라, 어서!"

기사의 재촉에 병사들도 누구라 할 것 없이 일제히 장비를 착용했다. 옆 막사가 갑자기 고요해졌다. 장비를 착용하던 기사가 고개를 갸웃했다.

그 순간, 막사의 천막이 부욱— 하고 찢어지며 누군가가 나타났다. 기사는 그를 발견하고 화들짝 놀랐다.

"누, 누구냐?"

막사 안으로는 달빛이 들어오지 않아 매우 어두웠다. 그런데 막사 옆구리가 찢어지며 달빛이 스며 들어왔다. 그 달빛에 의해 붉은 눈빛을 가진, 키가 큰 검은 그림자가 드러나며 기분 나쁜 웃음소리가 들려왔다.

"크크크, 내가 누군지는 지옥에 가서 알아봐. 아주 자세히 설명해 줄 테니."

필은 늘어난 팔을 쭉 뻗어 옆에 있던 병사의 머리를 낚아챘다. 손에 힘을 팍, 주자 마치 두부가 으깨지듯 박살 나버렸다. 사방으로 뇌수와 피가 튀었다. 장비를 제대로 갖추지 못한 병사들은 동료의 죽음에 그냥 무작정 무기를 들고 달러들었다.

"으아아악! 괴물! 죽어라!"

하지만 병사들은 이내 가슴이 꿰뚫린 채 싸늘한 시체로 변했다. 기사는 놀란 눈이 되며 소리쳤다.

"막아라! 놈을 죽여 버려!"

30명가량 모여 있던 천막의 병사들은 한꺼번에 필에게 달려들었다. 그러나 필은 아랑곳하지 않고 달려드는 병사들을 차례대로 처리했다.

자유자재로 늘어나는 필의 팔은 병사들을 단 한 명도 접근시키지 못하게 했다. 병사들은 가슴이 뚫리고, 팔과 머리가 잘려 사방으로 날아가며 픽픽 쓰러졌다.

기사의 몸이 부르르 떨렸다. 이처럼 잔인하고, 이처럼 포악한 녀석은 처음이었다. 아니, 평생 이렇게 무서운 괴물은 처음 봤다.

"이, 이럴 수가. 어떻게……."

기사가 검을 들고 놀라고 있을 때, 30명의 병사는 이미 모두 고혼이 되었다. 모든 것이 순식간에 일어난 일이었다.

필은 팔에 잔뜩 묻은 붉은 피를 혀로 핥았다. 그러고는 기사를 향해 말했다.

"넌 덤비지 않을 것이냐?"

그 말을 듣는 순간, 기사는 울분을 토해내며 달려갔다.

퍽! 퍼퍽!

그러나 필에게 다가가기도 전에 늘어난 팔이 날아와 기사의 안면을 가격했다. 그 뒤로 몇 개의 주먹이 더 날아왔다. 필의 가까이에 접근조차 할 수 없었다. 게다가 주먹이 어디서 날아오는지도 몰랐다.

그냥 머릿속이 하얗게 변하며 가끔씩 번쩍하고 번개가 치는 듯했다. 그 순간, 자신의 눈이 바닥을 내려다보고 있었다. 그 옆에는 자신의 다리라 여겨지는 것이 우뚝 서 있었다.

눈동자가 천천히 움직였다. 막사 옆구리를 찢고 나타난 사내의 다리가 보이고, 그 다리가 옆의 막사 쪽으로 걸어가고 있었다.

기사는 허리에서부터 잘려진 자신의 다리를 보며 이해할 수 없다는 눈빛이 되었다.

'왜 내 다리가 저기 있지? 그리고 난 왜 바닥에 떨어져 있지?'

기사는 자신이 어떻게 죽었는지도 인지하지 못한 채 천천히 눈을 감았다.

필은 막사에 있던 병사와 기사를 처리한 후 옆 막사로 이동했다.

그때, 막사의 입구가 걷히며 그곳에서 병사들이 우르르 뛰어 나오고 있었다.

필은 그들이 나오는 족족 단 한 방으로 가슴을 꿰뚫으며 죽여 댔다. 그 옆에서 폴 역시 필과 마찬가지로 병사들을 처리하고 있었다. 고요하던 파이란 평야는 어느새 살육의 현장으로 바뀌었다.

둥근 달은 서서히 붉게 변하고, 여기저기 병사들의 울부짖는 소리가 울려 퍼졌다. 붉은 눈을 가진 두 명의 사내가 이리저리 날뛰며 그 많은 병사들을 하나하나 처리하고 있었다. 후버드 후작가의 선발대는 파이란 평야에 도착하자마자 폴과 필에 의해 모두 전멸했다.

3

다음 날, 아침이 밝아왔다.

후버드 후작은 기지개를 켜며 일어났다. 군영 막사에서 잠을 잤지만, 저택의 넓고 푹신한 자기 침대에서 자는 것보다 오히려 편안했다.

물론 침대 자체도 푹신하기는 하였다. 전쟁터에 어울리는 침대가 아니라는 것은 확실하였다. 어쨌든 후버드 후작은 잠옷 차림으로 침대 옆에 마련된 세숫대야로 향했다.

그 물로 간단히 세면을 하고 수건으로 얼굴을 닦았다. 그리고 막 갑옷을 입으려고 할 때, 막사 문이 열리며 카르폰 기사단장이 들어섰다.

"후작님, 큰일 났습니다."

후버드 후작은 아침 일찍, 그것도 자신이 갑옷을 입기도 전에 나타난 카르폰 기사단장에게 못마땅한 얼굴로 소리쳤다.

"뭐가 큰일이 났다는 것이냐?"

"선발대로 보낸 병사들이 밤사이에 습격을 받았다고 합니다."

"뭣이?"

후버드 후작의 눈이 부릅떠졌다. 혹여 자신이 잘못 듣지는 않았는지 재차 확인하였다.

"그 말이 사실인가? 좀 더 상세히 설명해 보아라."

"사실 오늘 새벽에 선발대로부터 소식이 오기로 되어 있었습니다. 그런데 아무리 기다려도 오지 않았습니다. 그래서 이상히 여겨 정찰병을 보내 확인을 시켰습니다. 그런데 확인을 보낸 병사의 말이, 그곳을 지켜야 할 병사들이 모두 죽어 있었다고 합니다."

"저, 정녕 그것이 사실이냐?"

"네, 그렇습니다. 지금 선발대 진영을 확인하고 온 정찰병이 밖에 대기하고 있습니다."

"어, 어서 들라 하라."

후버드 후작은 조금 전까지 편안했던 기분이 엉망이 되어버렸다. 무려 기사 20명에 병사 2천 명이었다. 하룻밤 사이에 그들이 모두 죽었다는 것은 믿을 수 없었다.

정찰병이 막사 안으로 들어왔다. 그사이 후버드 후작은 서둘러 자신의 갑옷을 챙겨 입었다. 정찰병은 들어와서 후버드 후작 앞에 무릎을 꿇었다.

"네가 확인을 하였느냐?"

"네, 후작님."

"그곳에서 봤던 것을 소상히 설명하라."

후버드 후작의 다그침에 병사는 자신이 본 것을 상세히 설명했다.

"선발대 진영에 도착하기 전부터 비릿한 피 냄새가 숲 속에 진동했습니다. 그래서 서둘러 선발대 진영에 도착을 해보니 모든 병사들이 죽어 있었습니다."

"다, 단 한 명도 생존자는 없더냐?"

"네, 그렇습니다. 기습을 당했는지 대부분의 병사들이 장비를 제대로 착용하지 않은 상태였습니다."

정찰병의 말을 들은 후버드 백작의 몸이 휘청거렸다. 갑자기 현기증이 일어난 것이다.

"이, 있을 수가 없는 일이다. 네 녀석이 잘못 보지 않고서야 어찌 그럴 수가 있단 말이냐."

"아, 아닙니다. 제 눈으로 직접 확인을 했습니다."

정찰병은 절대 거짓말이 아니라고 했다. 옆에 서 있던 카르폰 기사단장의 표정도 잔뜩 굳어졌다. 그도 하룻밤 사이에 그들이 전멸당했다는 것이 도저히 믿어지지 않았다.

"폰트는? 폰트 부기사단장은 어찌 되었나?"

"부기사단장님도 이미……."

정찰병은 고개를 숙이며 차마 말을 끝내지 못했다. 그 모습만 봐도 폰트 부기사단장이 살아남지 못했다는 것을 알 수 있었다. 후버드 후작은 비틀거리며 옆의 의자에 털썩 주저앉았다.

카르폰 기사단장이 재빨리 그의 곁으로 다가갔다.

"후작님!"

"괘, 괜찮다."

후버드 후작이 카르폰 기사단장에게 손을 들어 보이며 말했다. 그러고는 잠시 숨을 고른 후, 정찰병에게 물었다.

"놈들은?"

"한 명도 보이지 않았습니다."

"그럼 습격한 녀석들이 누군지 모른다는 것이냐? 몇 명인지도 파악되지 않았고?"

"……네."

정찰병은 힘없이 대답했다. 그러자 카르폰 기사단장이 나섰다.

"분명 제이크 백작가 놈들일 것입니다. 그들밖에 없습니다."

카르폰 기사단장이 인상을 찡그리며 말했다. 후버드 후작의 얼굴도 잔뜩 일그러졌다.

"죽일 놈들……."

후버드 후작은 이를 갈았다. 한마디로 제이크 백작가 놈들에게 뒤통수를 제대로 맞은 것 같았다.

"빌어먹을!"

후버드 후작은 주먹을 쥐며 옆의 탁자를 내려쳤다. 그러고는 카르폰 기사단장에게 말했다.

"긴급 대책 회의를 소집하라."

"네, 후작님."

그렇게 긴급 대책 회의가 시작되었다. 그리고 긴급 대책 회의에서 나온 결과는 어차피 벌어진 일이니 최대한 빨리 전투를 벌여 전쟁을 끝내 버리자는 것이었다.

그렇게 후버드 후작의 최종 명령이 떨어졌다.

"오늘 당장 제이크 백작가를 향해 돌진하라!"

후버드 후작의 돌진 명령에 본진은 서둘러 돌격할 준비를 하였다. 그리고 파이란 평야에 들어섰을 때, 그곳은 조용하였다. 건너편에 있어야 할 적은 머리카락 한 올 보이지 않았다.

그저 바람에 살랑거리는 갈대만이 전부였다. 후버드 후작의 얼굴이 와락 일그러졌다. 마치 자신을 조롱하는 것 같았다.

"이 죽일 놈이!"

후버드 후작은 잔뜩 인상을 찌푸리며 말했다.

"감히 날 가지고 놀아? 오냐, 널 찢어 돼지 먹이로 줘버리겠다."

후버드 후작은 잔뜩 화가 난 얼굴로 다시 지시를 내렸다.

"이대로 제이크 백작령으로 총공격한다."

"넵!"

"자, 이동하라."

그렇게 다시 이동을 시작하였다. 그렇게 약 한 시간가량 이동하자, 파이란 평야의 반대편까지 다다를 수 있었다. 그곳에는 제이크 백작령으로 들어가는 숲이 존재하였다.

일단 선두에 있던 카르폰 기사단장이 병사들을 멈춰 세웠다. 그는 눈앞의 숲을 잔뜩 긴장한 눈빛으로 훑어보았다. 하지만 그곳에는 그 어떤 것도 보이지 않았다. 그저 바람결에 흔들리는 나뭇가지 소리만이 전부였다.

"으음……."

카르폰 기사단장의 입에서 낮은 신음이 흘렀다. 그도 오랫동안 전쟁을 겪은 기사인 만큼 이곳이 매복을 하기에 적격이라는 것을 잘 알고 있었다.

그래도 이대로 물러날 수는 없었다. 잠시 고민을 하던 카르폰 기사단장이 우선 전방에 10여 명의 기사를 앞세웠다.

"이곳에 적이 매복했을 가능성이 높다. 주위를 살펴 확인해 보도록."

"네, 단장님."

기사들이 힘차게 대답하였다.

그렇게 기사들이 주위를 살피기 위해 떠나고, 얼마 있지 않아 후버드 후작이 앞으로 나섰다.

후버드 후작은 카르폰 기사단장이 더 이상 진군하지 않고 멈춰 선 것을 보고 물었다.

"무슨 일인가?"

그러자 카르폰 기사단장이 그에 답했다.

"앞에 숲이 있습니다. 그곳을 지나야만 제이크 백작령으로 들어갈 수 있습니다."

"그럼 가면 되지 않는가."

"하지만 적의 매복이 있을 가능성이 높습니다. 확인 없이 들어갔다가 매복에 당하게 된다면 큰일입니다."

그 말을 들은 후버드 후작의 표정이 어두워졌다.

"그, 그래…… 알았다."

그렇게 잠깐의 시간이 흘렀다.

"으음, 돌아올 때가 되었는데……."

카르폰 기사단장이 나직이 말했다.

"그럼 정찰을 보냈는가?"

"네, 조금 전에 보냈습니다. 그들이 돌아오고 나서 움직이는 것이 좋겠습니다."

"알겠다. 서둘러라."

"네, 후작님."

힘차게 대답을 한 후, 카르폰 기사단장은 다시 제자리로 돌아갔다. 주변에 경계를 세우고는 정찰을 보낸 기사들이 돌아오기만을 기다렸다.

그리고 잠시 후, 정찰을 나갔던 기사들이 무사히 돌아왔다. 카르폰 기사단장이 즉시 물었다.

"놈들은?"

"주위가 너무 조용합니다. 멀리까지 들어가 주변을 샅샅이 확인해 보았지만, 매복을 한 흔적은 보이지 않습니다."

"그래?"

기사들의 보고를 들은 카르폰 기사단장은 고개를 끄덕인 후, 다시금 숲 속을 응시했다. 매복이 없다고는 하지만, 왠지 모르게 느낌이 좋지 않았다. 그렇다고 되돌아갈 수도 없었다.

이 많은 병력을 길이 없는 곳으로 이동시키기에도 무리가 있어 보였다. 잠깐 고민을 하던 카르폰 기사단장이 결정을 내렸다.

"이동한다!"

"넵."

카르폰 기사단장의 지시가 내려지고 병력은 다시 이동을 시작했다. 숲 속으로 들어서자 작은 오솔길이 눈에 들어왔다. 작은 오솔길이기에 대규모 이동은 무리였다.

그래서 세 명씩 정렬해 줄을 지어 이동하였다. 기사단이 먼저 앞장을 서고, 그 뒤로 후버드 후작이 이동하였다.

카르폰 기사단장과 기사들은 날카롭게 눈을 빛내며 주위를 살폈다.

주변을 경계하는 그들은 바짝 긴장을 한 상태였다. 여기서 기습을 당하면 엄청난 병력 손실을 입을 것이 분명하기 때문이었다. 그것을 최소화하기 위해서는 적의 기습을 먼저 발견하고 대처해야 했다.

이동하는 기사들과 병사들도 그것을 잘 알고 있기에 잔뜩 경계를 하였다. 그렇게 부대 전체가 천천히 걸음을 옮겼다.

반면, 제이크는 좁은 숲길의 옆에서 모습을 드러냈다. 높은 나무 위에 올라선 제이크는 후버드 후작가의 병력이 좁은 길에 들어서자 희미한 미소를 머금었다.

"후훗, 드디어 오는군."

그 말과 동시에 제이크의 몸이 그곳에서 사라졌다. 제이크가 다시 모습을 드러낸 곳은 오솔길의 끝 지점이었다.

그곳에서 제이크는 사람의 인적이라고 없는 무심한 숲을 응시했다. 발에 밟히는 것은 오직 낙엽뿐이었다. 제이크는 뒷짐을 진 채 조용히 중얼거렸다.

"놈들이 들어왔다."

그 말이 끝남과 동시에 제이크가 서 있던 왼쪽의 땅이 들썩였다. 낙엽으로 수북이 쌓인 그곳에 작은 공간이 생겨나며 몇 명의 인영이 눈에 들어왔다.

그중 한 명인 알렌이 얼굴을 내밀었다.

"그, 그렇습니까? 우린 언제까지 여기에 숨어 있으면 됩니까?"

"나의 지시에 따르면 된다. 그럼 아무런 문제가 되지 않을 것이다. 그보다, 앞의 길은 확실히 막았겠지?"

"넵, 백작님!"

알렌이 힘차게 말했다. 제이크는 고개를 끄덕였다.

"그럼 이제 놈들이 오기만 기다리면 되겠군."

제이크의 나직한 음성에 알렌은 다소 긴장된 표정이 되었다. 땅을 파고 숨어 있긴 하지만, 그들도 긴장이 되기는 마찬가지였다. 그것을 눈치챈 제이크가 피식 웃었다.

"긴장되나?"

"되지 않는다면 거짓말이겠죠."

"후훗, 하긴 그렇겠지."

제이크도 인정했다. 그러자 알렌이 나직이 물었다.

"과연 우리가 이길 수 있을까요?"

"이길 수 있다. 믿어라. 너희 자신을 믿고, 나를 믿어라. 그러면 충분히 이길 수 있다. 너희들은 그저 내가 가르쳐 준 대로 싸우면 된다."

알렌은 제이크의 말을 듣고 왠지 모를 자신감이 생겼다.

그는 항상 그랬다. 당당했고, 믿음을 주었다. 단지 말 한마디 한 것뿐이지만, 긴장되었던 마음이 다소 풀리는 것 같았다.

"저희들은 물론 백작님을 믿습니다."

"그럼 되었다. 지시가 있을 때까지 잘 숨어 있도록."

"알겠습니다."

말을 마친 알렌이 다시 땅속으로 몸을 숨겼다. 제이크는 희미한 미소를 머금고는 다시 사라졌다. 이제 모든 준비가 되었다. 놈들을 완벽하게 몰살시키는 일만이 남은 것이다.

Episode 49

전쟁의 끝

1

후버드 후작가의 병력이 거의 다 숲 속에 들어섰을 때, 쩌렁쩌렁 울리는 목소리가 들려왔다.

"자, 모두 공격!"

그러자 주변의 산언덕에 숨어 있던 병력들이 일제히 고함을 지르며 뛰쳐나왔다.

"우와아아아!"

"죽여라!"

그들은 모두 제이크 백작가의 병사들이었다. 선두에서는 알렌 기사단장이 험한 인상을 지으며 공격해 들어갔다. 후버드 후작가의 기사와 병사들도 예상은 하고 있었지만, 숲 속인데다 좁은 오솔길이라 제대로 된 진영을 갖출 수는 없었다.

그리되자 우왕좌왕하는 쪽은 후버드 후작가 측이었다.

"기습이다!"

"적들이 공격한다! 모두 막아라!"

"당황하지 마라!"

카르폰 기사단장이 고함을 질렀다. 다른 기사들도 병사들을 다독이며 소리쳤다. 하지만 금세 진형이 무너졌고, 아무리 고함을 질러도 병사들은 어찌할 바를 몰라 했다.

"막아라, 막아!"

지휘관들의 처절한 외침이 계속해서 이어졌다.

반면, 제이크의 병사들은 철저히 계획된 움직임으로 적을 상대했다. 병사들은 철저하게 훈련된 방식으로 움직였다. 예전에 사용했던 돌파 진형이었다.

이번에도 돌파 진형을 갖춘 채 적을 유린하였다.

길게 늘어선 후버드 후작가의 진형은 여기저기 구멍이 뻥뻥 뚫려 버렸다. 하지만 워낙에 많은 병력이기에 금세 그 자리를 메웠다. 그러나 또다시 제이크의 병력들이 들이닥쳤다.

"죽여라!"

"한 놈도 살려두지 마라!"

제이크 백작가 지휘관들의 목소리가 계속해서 들려왔다.

상황을 지켜보던 후버드 후작이 소리쳤다.

"놈들을 상대하지 마라! 신속히 이곳을 벗어난다! 어서 움직여라!"

이렇게 피아를 분간하기 힘든 좁은 오솔길에서 적의 돌파 진형과 맞서 싸운다는 것은 매우 불리했다. 그래서 신속히 이곳을 벗어난 후, 넓은 곳에서 적을 상대해야 했다. 바로 뒤쪽의 파이란 평야에서 말이다. 후버드 후작은 그곳에서 부대를 정비한 후 놈들을 상대할 생각이었다.

카르폰 기사단장도 같은 생각을 하였다.

"퇴각하라! 어서! 파이란 평야까지 물러난다! 서둘러라!"

카르폰 기사단장은 입술을 깨물었다. 주위는 난장판이고, 후버드 후작을 호위하는 기사 몇 명도 이미 사라진 후였다.

그렇게 뒤도 돌아보지 않고 후퇴를 하였다. 그리고 숲길을 벗어나 파이란 평야로 나왔다. 그가 나오자 병사들도 하나둘씩 모습을 드러냈다.

"모든 진형을 갖추어라! 어서!"

카르폰 기사단장은 말을 몰며 병사들에게 소리쳤다. 그러자 잘 훈련된 병사들은 당황하지 않고 진형을 갖추기 시작하였다.

하지만 미처 빠져나오지 못한 병사들의 비명 소리는 여전히 숲 속에서 들려왔다.

"크아아악!"

"으아아악!"

"사, 살려줘."

동료들의 비명 소리를 들으며 병사들의 표정이 일그러졌다. 그리고 그 소리가 천천히 잦아들었다. 곧이어 더 이상의 비명 소리는 들리지 않았다.

후버드 후작가의 병사들은 이미 진형을 갖춘 채 다음 전투를 준비했다. 하지만 숲에서는 한 명의 적도 나오지 않았다. 비명 소리가 끊어지고 한참이 지나도 적의 모습은 보이지 않았다.

그러자 카르폰 기사단장이 후버드 후작에게 말했다.

"놈들이 나오지 않을 모양입니다."

"으으윽, 빌어먹을!"

이제야 넓은 공터로 나와 확실하게 전투를 치르려 했지만, 적이 나오지 않으니 그것도 되지 않았다. 속만 부글부글 끓었다.

카르폰 기사단장도 마찬가지였다. 그는 죽어간 부하들을 생각하니 손이 부르르 떨렸다. 당장에라도 저 숲으로 뛰어들어가고 싶은 심정이었다. 하나 그럴 수는 없었다. 저곳으로 들어가면 당하는 쪽은 자신들이라는 것을 잘 알고 있기 때문이었다.

그도 검의 손잡이를 꽉 쥐며 부르르 떨었다. 사람 약 올리는 것도 아니고, 숨어서 야금야금 병력을 처리하는 것이

얌체처럼 느껴졌다.

기사라면 당당히 나서서 정정당당히 붙어야 하는 것이 아니냐며 소리를 지르고 싶었다. 하지만 이건 전쟁이었다. 이것도 하나의 전술이라는 것을 누구보다 잘 알고 있었다.

"피해 규모는?"

카르폰 기사단장이 뒤에 있던 기사에게 물었다. 기사는 거의 실성한 사람처럼 눈을 동그랗게 뜬 채 가만히 서 있었다. 대답이 없자 몸을 돌린 카르폰 기사단장.

"이봐! 정신 차려!"

"네? 네에!"

"도대체 정신을 어디다가 빼놓고 있는 거야!"

"죄, 죄송합니다."

"당장 피해 상황을 확인해서 보고해!"

"알겠습니다, 단장님."

기사가 황급히 움직였다. 그런 기사의 모습을 보며 카르폰 기사단장이 머리를 내저었다. 그는 곧바로 후버드 후작에게 다가갔다.

"후작님, 놈들은 이곳으로 안 나올 것입니다. 지금 상황에서는 빨리 성으로 돌아가 부대를 재정비해야 할 듯합니다."

"그, 그래, 알았네."

후버드 후작은 마치 넋이 나간 사람처럼 고개를 끄덕이며 대답하였다. 그도 이제 거의 자포자기한 심정이었다. 제대로 된 싸움을 한 번도 하지 못했다. 게다가 매복에 당하고, 정신없이 몰아치는 녀석들의 수법에 기가 질린 듯 보였다.

카르폰 기사단장은 서둘러 병사들에게 지시를 내렸다.

"어서 성으로 귀환한다! 부상병들을 챙겨라! 날이 어두워지기 전에 최대한 성으로 돌아가야 한다, 서둘러라!"

그의 목소리가 쩌렁쩌렁하게 울렸다. 후버드 후작은 거의 망연자실한 표정으로 말을 몰았다.

한편, 매복 기습에 성공을 한 제이크 백작가의 병사들은 잔뜩 들뜬 분위기였다. 이번에도 제이크의 지시에 따라 움직였더니 큰 승리를 거둘 수 있었다.

게다가 사망자와 부상자는 그리 많지 않았다.

"백작님, 완벽한 승리입니다."

알렌 기사단장이 제이크에게 다가와 말했다.

"당연한 결과다. 그보다 우리 측 피해는?"

"현재까지 파악한 결과, 그리 많지는 않습니다."

"잘됐군. 부상자는 서둘러 성으로 돌려보내고, 나머지는 재정비를 한 후 밤에 퇴각하는 적들을 기습한다."

"네, 백작님."

알렌이 힘차게 말을 하며 뒤로 물러났다. 제이크는 숲 건너편 파이란 평야로 시선을 두었다. 그러고는 나직이 중얼거렸다.

"다시는 넘보지 못하도록 철저히 짓밟아 버리겠다."

2

제이크의 부대가 정렬을 하는 동안 어느새 폴과 필이 모습을 드러냈다.

"도련님, 밤까지 기다립니까?"

폴이 물었다. 그러자 제이크가 고개를 절레절레 흔들었다.

"아니, 굳이 밤까지 기다릴 필요가 없을 것 같다. 그냥 쓸어버려."

"크크크, 그냥 죽여도 상관없죠?"

"그래. 단, 헬 솔저로의 변신은 불가!"

"에이, 그럼 재미없는데."

"맞아, 재미없어."

폴과 필이 퉁명스럽게 말을 하였다. 그런데 제이크의 모습이 전과 좀 달랐다. 이때쯤 무서운 눈으로 쩌려보며 위협을 가해야 했다. 그런데 그러지 않았다. 오히려 진지한 표정으로 폴과 필에게 말했다.

"이번은 그냥 인간다운 모습으로 싸워줬으면 좋겠다."

제이크가 진지한 표정으로 말하자 폴과 필도 진지한 얼

굴이 되었다.

"왜 그러십니까?"

필이 물었다. 그러자 폴이 필의 뒤통수를 냅다 후려쳤다.

탁!

"아얏, 왜 때려!"

"시끄러, 넌!"

폴이 제이크를 보며 말했다.

"그리하도록 하겠습니다."

그렇게 말을 하고는 필의 뒤통수를 잡아서 끌었다.

"넌 나 따라오고."

"아이씨, 왜! 왜 그러는데!"

"조용히 따라와."

폴과 필이 멀어지는 모습을 보며 제이크는 미소를 지었다. 필은 아니지만, 폴은 자신의 의도를 알아챈 것이 내심 고마웠다.

"후후, 그래도 한 놈은 똑똑해서 다행이네."

제이크는 그리 말을 한 후, 알렌을 향해 말했다.

"오후를 기해 총공격을 명한다. 준비하도록."

"네, 백작님."

알렌은 힘차게 대답을 한 후 자리를 떠났다.

후버드 후작가의 병력은 전투의 후유증 때문에 걸음이

지체되어 성에 복귀하지 못했다. 그래서 근처에서 진영을 갖추고 잠시 휴식을 하기로 하였다. 내일 정도면 성에 들어갈 수 있을 것이었다.

후버드 후작은 자신의 막사에서 꼼짝도 하지 않았다. 상대에게 당한 것이 화가 났다. 그러면서도 무서웠다. 녀석들의 전술에 제대로 된 대응도 하지 못했다. 어찌 보면 자만심 때문이었다.

자신의 자만심 때문에 병력을 잃었다. 만 명이나 되던 병력이 지금은 2천도 남지 않았다. 거의 5분의 4 정도나 되는 병력을 잃은 것이다.

후버드 후작은 막사 안에서 와인을 벌컥벌컥 마셔 댔다. 너무나도 화가 났기 때문이다. 앞으로 어떻게 해야 할지도 몰랐다. 그저 낮부터 술에 취해 잠들고 싶었다.

"빌어먹을! 젠장!"

후버드 후작은 한 손에 와인 병을 들고 몸을 비틀대며 욕을 내뱉었다. 와인 병을 통째로 입에 물었다. 입술 사이로 붉은 액체가 흘러나왔다.

"뭐가 문제야? 도대체 뭐가 문제냐 말이야!"

그리 말을 하며 자신의 침대로 가서 앉았다. 고개를 푹 숙인 채 가만히 있었다. 두 팔도 축 늘어뜨렸다.

잠시 후, 오른손에 들린 와인 병이 바닥에 떨어졌다.

후버드 후작의 몸이 그대로 침대에 쓰러졌다. 술에 취해

곯아떨어진 것이다. 후버드 후작의 막사 안에는 십여 병의 와인 병들이 바닥에 뒹굴고 있었다.

그사이, 후작의 진영에 제이크가 모습을 드러냈다. 그는 검을 늘어뜨린 채였다. 그 뒤로 폴과 필이 나타났고, 병사들이 모습을 드러냈다.

제이크는 후버드 후작가의 진영을 내려다보며 나직이 말했다.

"놈들을 전멸시켜라."

"넵."

"알겠습니다."

"그럼 어디 한 번 놀아볼까?"

그들은 제이크를 선두로 신속하게 군영으로 뛰어 들어갔다. 그리고 얼마 후, 여기저기서 사람들의 비명 소리가 들려왔다. 제이크도 검을 늘어뜨린 채 자신에게 달려드는 병사들을 처리하였다.

늦은 오후가 되었다.

후버드 후작은 막사 안에서 자신의 침대에 널브러져 있었다. 그러기를 잠깐. 그가 꿈틀거리더니, 몸을 일으켜 세웠다.

잠시 후, 침대에서 일어난 후버드 후작이 머리를 감쌌다. 숙취가 밀려온 것이다. 그는 잔뜩 찌푸린 얼굴로 밖을 향해 소리쳤다.

"으윽, 밖에 아무도 없느냐!"

그의 외침에도 아무도 들어오지 않았다. 짜증이 확 밀려왔다. 숙취 때문에 머리가 아픈데다가 자신이 불렀는데 아무도 들어오지 않다니.

"빌어먹을, 녀석들이 왜 대답이 없어!"

후버드 후작은 막사 입구를 향해 다시 한 번 소리를 질렀다.

"카르폰! 카르폰!"

카르폰 기사단장을 불렀지만, 대답이 없었다. 후버드 후작이 침대에서 일어났다. 그는 밀려오는 두통에 잔뜩 인상을 찡그리며 걸음을 옮겼다.

"이것들이 전부 다 어디 간 거야!"

그는 천천히 걸음을 옮겨 막사 문을 열었다. 그때, 그의 콧속으로 짙은 피 냄새가 밀려왔다. 안 그래도 아픈 머리가 더욱 아파왔다.

"무슨 피 냄새지?"

인상을 찌푸리며 고개를 들었다. 그 순간, 후버드 후작의 동공이 크게 확대되었다. 주위가 온통 피로 물들어 있고, 여기저기 시체들이 나뒹굴고 있었다.

목 없이 몸통만 존재하는 시체, 배가 뚫려 내장이 흘러나와 있는 시체, 팔과 다리가 분리되어 있는 시체 등…… 그야말로 눈뜨고 볼 수 없을 만큼 처참한 광경이었다.

"뭐, 뭐야? 이게 어떻게 된 일이지?"

머리의 통증이 싹 가셨다. 아니, 후버드 후작은 지금 자신이 꿈을 꾸고 있는 것 같았다.

"이봐, 아무도 없어? 카르폰, 카르폰 기사단장!"

후버드 후작은 소리쳐 부르며 이리저리 뛰어다녔다. 그때, 그의 눈에 처참한 몰골로 죽어 있는 카르폰 기사단장이 눈에 들어왔다. 그리고 얼마 지나지 않아 다른 기사들이 처참하게 죽어 있는 모습도 볼 수 있었다.

"아니야, 이건 아니야……. 꿈이야, 지금 내가 꿈을 꾸고 있는 것이야……."

후버드 후작은 자신이 직접 눈으로 목격했음에도 애써 부정하였다. 그러다 급기야는 자신의 머리를 부여잡고는 울부짖었다.

"으아아악! 어떻게 이런 일이!"

후버드 후작은 본인을 제외하고 전부 다 몰살당한 군영을 보며 기겁했다. 그러고는 실실 웃기 시작했다.

"헤헤헤, 키키키, 흐흐흐……. 믿을 수가 없어. 이건 현실이 아니야, 꿈이야!"

그 말을 내뱉고는 시체들 사이를 헤치며 걸어갔다. 거의 반미치광이나 다름없었다. 멀어지는 후버드 후작의 몸이 비틀거렸다. 그리고 계속해서 중얼거렸다.

"미친놈들……. 아니야, 내가 미쳤나? 킥킥킥, 내가 다 죽여 버리겠어. 아니야, 내가 죽였나?"

3

후버드 후작가의 멸망.

그 소식은 삽시간에 왕국에 퍼져 나갔다. 대다수의 사람들은 그 말을 믿지 못하겠다는 듯 고개를 흔들었다. 하지만 직접 눈으로 확인한 사람들이 말을 하니 믿지 않을 수 없었다.

그렇게 후버드 후작가는 멸망하였고, 그의 성에 있던 모든 가솔들은 집을 비워야 했다. 그곳으로 당당히 제이크의 부대가 입성하였다.

그곳을 알렌 기사단장에게 맡기고, 제이크는 곧바로 하버트 왕도로 향했다. 제이크는 폴, 필과 함께 하버트 왕도에 들어갔다.

그리고 곧바로 국왕을 만날 수 있었다. 국왕도 이미 기다리고 있었다. 제이크는 곧바로 국왕과 면담을 할 수 있었다.

"단도직입적으로 말하겠소."

제이크는 당당하게 말을 하였다.

"내가 먹은 후버드 후작의 땅 3분의 1을 드리겠소. 그러니 조용히 물러나시오."

제이크의 말을 들은 국왕은 어이없다는 웃음을 흘렸다.

"후후후, 내 땅을 거저 먹는다? 그것도 인심 쓰는 척 3분의 1을 가져가라? 지랄하고 있네."

하버트 국왕도 입이 거칠기는 마찬가지였다. 제이크는 그런 국왕의 말이 싫지는 않았다.

"한 나라의 국왕이라는 사람이 말이 거치네."

"왜, 꼽냐?"

"아니, 정감이 가. 그것보다 확실히 해야 할 것 같군. 알고 있잖아, 영지와 영지 간의 다툼은 아무리 국왕이라도 관여할 수 없다는 걸 말이야."

"그, 그건……."

"꼬우면 함 붙든가."

제이크가 다리를 꼬며 도발하였다. 그러자 국왕도 당장에라도 싸움을 걸 태세로 말을 하였다.

"전쟁? 그럼 왕국과 왕국 간의 전쟁이 되는데?"

"내가 그런 걸로 쫄 것 같아?"

제이크의 당당한 말에 국왕은 잠시 생각을 하였다.

'가, 가만…… 저 녀석이 저리 세게 나오는 이유는 뭐지?'

그 순간, 떠오르는 기억이 있었다. 왕국의 기사 칭호를 얻은 아크, 그리고 이 녀석. 소문에 의하면, 모두 그랜드 마스터에 도달한 자라고 하였다.

게다가 앞에 있는 녀석 혼자서 후버드 후작령을 박살 냈다는 소문도 있었다. 그 말을 들었을 때, 솔직히 머리가 하얗게 질려 버린 것도 사실이었다. 그렇다면 저렇게 당당하게 큰소리치는 것도 당연한 일이었다.

'제기랄, 초반부터 지는 싸움이었나?'

국왕은 실실 웃고 있는 제이크의 얼굴을 보며 인상을 와락 구겼다.

"됐어, 니 맘대로 해."

"후후후, 그리 나올 줄 알았어."

제이크는 자리에서 일어났다.

"그럼 이번 건은 여기서 끝이라는 말이군."

"꺼져!"

국왕이 거칠게 말했다. 그런 국왕을 보며 제이크는 피식 웃었다.

"아무튼 즐거운 대화였어."

제이크는 그렇게 말을 하고는 집무실을 나섰다. 제이크가 나가고, 국왕은 홀로 집무실에 있었다. 그가 자리에서 천천히 몸을 일으켰다. 뒷짐을 진 채 창가로 이동했다.

그러고는 멀어지는 제이크를 바라보며 크게 웃음을 흘렸다.

"하하핫, 크하하핫!"

Episode 50

10년 후

1

제이크 백작가에도 평화가 찾아왔다.

제이크와 네빌 집사, 아크는 빠르게 주변 정리를 하느라 눈코 뜰 새 없이 바쁘게 보냈다. 여러 인재를 등용해서 영지를 빠르게 안정화시켜 나갔다.

그렇게 약 몇 달간의 노력으로 영지는 빠르게 안정을 찾아갔고, 또한 활발한 무역으로 인해 많은 상권이 들어섰다. 그 결과, 각 왕국은 제이크 백작령을 중심으로 활발한 무역을 펼쳤다.

그럴수록 제이크 백작령으로 들어오는 돈은 점점 더 많아졌다.

점점 더 발전해 가는 제이크 백작령은 앞으로 파브안 대륙 무역의 중심이 될 것이라 예상되었다. 그리고 그것을 가능하게 한 것이 바로 벨란 상단의 상단주였다.

아이린의 외할아버지인 그의 돈으로 활발한 상권을 만들 수 있었다. 게다가 무역의 중심으로도 발전하게 만들었다.

이렇듯 모든 것이 순조롭게 돌아가고 있었다. 그러나 영지가 발전되면 될수록, 시간이 지나면 지날수록 제이크의 표정은 점점 더 어두워져만 갔다.

깊은 한숨이 나오는 횟수가 점점 늘어갔다.

그리고 마침내 결정의 밤이 다가왔다.

"여기서 뭐해요?"

제이크는 홀로 베란다에 나와 있었다. 그의 뒤로 잠옷을 걸친 아이린이 다가왔다.

"어어, 깼어?"

"아니에요, 애들 재우고 지금 왔어요."

"아, 그랬지?"

제이크는 그렇게 말을 하고는 다시 시선을 돌렸다. 베란다에서 바라보는 마을의 풍경은 그야말로 아름다웠다. 아이린이 살며시 제이크의 어깨에 머리를 기댔다.

제이크의 시선이 자연스럽게 아이린에게 향했다.

"춥지 않아?"

"아뇨, 괜찮아요. 당신이 옆에 이렇게 있으니 따뜻한

걸요."

아이린의 따뜻한 말이 제이크에게는 더욱 아픈 비수로 다가왔다. 제이크는 더 이상 기다릴 수 없다고 생각했다.

"저기, 아이린……."

"네에?"

"할 말이 있어."

제이크의 음성에서 심각함을 느낀 아이린의 표정이 살짝 굳어졌다.

"무슨 말요?"

"나 일주일 후면 인간계에서의 휴가가 끝나."

"……."

아이린은 제이크가 무슨 말을 하는지 이해할 수가 없었다. 그녀는 고개를 갸웃하며 제이크를 쳐다봤다.

"사실 난 마계의 군단장이야. 이번에 인간계에 나오게 된 것도 휴가를 얻어서 나왔어. 그리고 이제 휴가가 끝이 났고."

"그, 그럼……."

"으응, 마계로 다시 돌아가야 해."

제이크의 말에 아이린의 눈동자가 급격히 흔들렸다. 급기야 눈물 한 방울이 뚝, 떨어졌다.

"그래요, 최근에 당신의 얼굴이 어두웠던 이유가 바로 그것 때문이었군요."

"미, 미안해."

아이린이 울먹이자 제이크는 어찌할 바를 몰라 했다. 아이린은 한참을 제이크 품에서 눈물을 흘렸다. 제이크는 그런 아이린을 살며시 감싸 안아주었다.

지금 해줄 수 있는 일은 고작 그것뿐이었다. 그녀의 등을 토닥여 주며 가만히 안고 있었다. 그렇게 한참 동안 울던 아이린이 눈물을 훔쳤다.

그녀는 애써 미소를 지으며 말했다.

"알겠어요. 안나와 도니는 제가 잘 키울게요. 그러니 몸조심하세요."

"으응, 걱정 마. 꼭 다시 돌아올 테니까. 걱정하지 말고 기다려. 알았지?"

"네. 전 당신 믿어요."

그렇게 두 사람은 다시 한 번 깊은 포옹을 하였다. 오늘따라 밤하늘에 떠 있는 별들이 유난히 반짝였다.

일주일의 시간은 빠르게 흘러갔다.

제이크는 모든 것을 정리하고 폴, 필과 함께 마계로 돌아갔다. 자신이 나왔던 그곳을 통해서 말이다. 아이린은 제이크가 마계로 갈 때 활짝 미소 띤 얼굴로 배웅하였다.

안나와 도니도 언제 다시 볼 수 있을지 모를 아빠의 얼굴을 되새기며 방긋 웃음을 흘렸다. 그렇게 제이크는 사랑하는 안나와 도니, 그리고 아이린을 두고 마계로 돌아갔다.

그로부터 10년의 세월이 흘러갔다.

2

아이린은 집무실에 앉아 잔뜩 쌓여 있는 서류를 일일이 검토하고 있었다. 서류를 처리하는 일은 매일매일 해도 끝이 없었다. 그 옆에서 네빌 집사가 도와주지 않았다면 벌써 쓰러졌을 것이다.

옆에서 지켜보는 네빌 집사의 눈에는 안쓰러움이 가득했다.

"차를 준비하도록 하겠습니다."

"아, 고마워요."

아이린이 빙긋 미소를 지었다. 네빌 집사도 미소를 지으며 고개를 숙여 인사를 하고 집무실을 나갔다.

"후우……."

아이린은 절로 한숨이 새어 나왔다. 그리고 옆에 쌓인 서류를 보며 고개를 절레절레 흔들었다.

"정말, 해도 해도 끝이 없구나. 이러다가 몸살 나겠어."

아이린은 혼잣말을 하고는 다시 한 장의 서류를 꺼내 확인하였다.

"어멋, 벌써 훈련이 끝이 났구나. 이제 오라버니도 돌아오시겠구나."

아크는 기사 양성을 위해 옛 에페로 자작령에 기사단 양성소를 세웠다. 그곳에서 뛰어난 기사를 배출하는 것을 목표로 열심히 힘을 키우고 있었다.

물론 아이린은 이 모든 것이 제이크 백작가의 힘을 키우기 위한 노력이라는 것을 잘 알고 있었다. 그래서 물심양면으로 도움을 주고 있었다.

그리고 그 결과가 오늘 날아왔다.

"어머, 오빠가 고생했네. 이번에 기사가 벌써 500명이나 나왔네. 오라버니도 참 대단해."

아이린은 고개를 절레절레 흔들며 기쁨의 미소를 지었다.

"그렇다면 이곳의 예산을 좀 더 책정해야겠네."

아이린은 잔뜩 미소를 지으며 펜을 들어 작성을 하였다.

그때, 집무실 문이 벌컥 열리며 앳된 여자아이가 뛰어 들어왔다.

"엄마, 엄마! 저 좀 살려주세요."

"안나, 왜 그러니? 엄마 지금 일하고 있잖아."

"하지만 도니가 자꾸 괴롭혀요."

"뭐? 도니가?"

"내가 언제!"

집무실 입구에서 남자아이의 목소리가 들려왔다. 똘망똘망한 눈동자에 제이크를 닮아서 그런지 깡다구가 있어 보이는 표정으로 아이가 소리쳤다.

"언제라니, 조금 전에도 나 괴롭혔잖아!"

"그건 니가 억지를 썼잖아!"

"억지라니. 당연한 것을 말하는 것뿐이야!"

두 아이는 쌍둥이답게 서로 지지 않으려 소리치며 떼를 썼다. 그 모습을 지켜보는 아이린은 한숨이 나왔다.

"도니, 넌 누나에게 말버릇이 그게 뭐니?"

"엄만 만날 나만 야단치셔."

도니가 입이 삐죽 내밀며 삐친 상태가 되었다. 그 모습이 어찌나 귀여운지 아이린이 자리에서 일어나 다가갔다.

"그래도 우리 착한 도니는 엄마 말 잘 듣잖니."

아이린의 애정 가득한 말에 도니는 언제 그랬냐는 듯 환한 미소를 지었다.

"맞아. 난 엄마 말씀 잘 들어요."

"그래서 엄만 도니를 참 예뻐하잖니."

"칫, 나는?"

이번에는 옆에 있던 안나가 입술을 삐죽거리며 말했다. 그런 안나를 아이린이 살포시 안았다.

"물론 엄만 안나도 많이 예뻐하지. 엄마는 도니도 그렇고, 안나도 무척이나 사랑한단다."

두 아이는 엄마 품에서 눈을 감았다.

그때, 집무실 쪽에서 노인의 목소리가 들려왔다.

"요석들아, 엄마 일하시게 그만 떨어져. 이 증조할애비랑 놀자구나."

그 소리에 아이린의 표정이 환하게 밝아졌다.

"할아버지."

"오냐, 많이 바쁜 모양이구나."

"언제나 똑같죠. 그보다 지금 오신 거예요?"

"오냐."

"가신 일은요?"

"후후후, 잘 넘겨주고 왔다. 이제 할애비는 백수다."

"에이, 잘하셨어요. 이제 건강 챙기시면서 증손주들이랑 노세요."

"그래볼까?"

루세프는 환한 얼굴로 안나와 도니를 안아 들었다.

"잘 지냈느냐?"

"네, 할아버지."

"네, 할아버지."

"하하하, 대답도 잘해요. 아이구, 예쁜 것들."

루세프는 증손주들이 어찌나 예쁜지 여기저기 뽀뽀하느라 정신이 없었다. 그 모습을 지켜보는 아이린도 흐뭇한 미소를 머금었다.

루세프는 두 손주들을 내려놓으며 조용히 말했다.

"증조할애비가 우리 증손자, 손녀를 위해서 선물을 가져왔단다."

"네에?"

"정말요?"

"그러엄!"

"어디 어디요?"

"어디 있어요?"

안나와 도니는 누가 쌍둥이 아니랄까 봐 하는 행동이 똑같았다.

"찾아보거라. 선물은 찾는 사람이 임자!"

"와아아아!"

"내가 찾아야지!"

"나도 찾을 거야!"

안나와 도니는 힘차게 말을 하고는 집무실을 뛰쳐나갔다. 그 모습을 흐뭇하게 바라보던 루세프는 고개를 돌려 아이린을 쳐다보았다.

"얼굴이 많이 좋지 않구나."

루세프는 안쓰럽다는 표정으로 말했다. 그러자 아이린이 살짝 얼굴을 만지며 말했다.

"괜찮아요. 그이가 돌아올 때까지는 어쩔 수 없죠."

"벌써 10년이 지났구나."

"네에……."

"괜찮은 것이냐?"

"네에, 그럼요. 전 괜찮아요."

아이린은 씩씩하게 말을 했지만, 그녀의 눈은 슬픔으로 가득했다. 그것을 알기에 루세프는 더 이상 묻지 않았다. 그저 머리를 쓰담쓰담해 주고는 몸을 돌렸다.

"그래, 일 보거라. 난 우리 증손자, 손녀나 보러 가야겠다."

"후후후, 네, 할아버지."

루세프가 막 집무실을 빠져나갈 때, 네빌 집사가 곧바로 들어왔다. 네빌 집사는 나서는 루세프를 발견하고 움찔했다가 이내 고개를 숙여 인사를 하였다.

"오셨습니까."

"오호, 네빌. 자네도 잘 지냈는가."

"저야 항상 똑같습니다."

"알겠네. 그럼 일 보게나."

"네, 어르신."

네빌 집사가 공손하게 인사를 하였다. 루세프는 살짝 고개를 끄덕이고는 이내 밖으로 나갔다. 루세프가 멀어지는 것을 본 네빌 집사가 조심스럽게 문을 닫았다. 그러고는 아이린을 향해 조심스럽게 발을 내디뎠다.

아이린은 다가오는 네빌 집사의 표정이 그리 밝지 않다는 것을 알아챘다.

"왜요? 무슨 일 있어요?"

"네에, 마님. 그것도 아주 큰일입니다."

큰일이라는 말에 아이린은 덜컥 겁이 났다.

"무, 무슨 큰일인데요?"

아이린이 살짝 떨리는 목소리로 물었다. 그러자 네빌 집사가 품에서 하나의 서신을 꺼냈다.

"이건 에페로 영지에서 보낸 서신입니다."

네빌 집사가 내민 서신을 아이린이 확인해 보았다. 내용을 확인한 아이린의 두 눈동자가 크게 떠졌다.

"이, 이것이 정말 사실이에요?"

"네, 마님."

"에이, 아무리 그래도 그렇지, 두 왕국이 왜?"

"그건 저도 확실히 잘 모르겠습니다. 어쨌든 두 왕국이 저희를 노리고 있는 것은 확실한 것 같습니다."

네빌 집사의 확신에 찬 말에 아이린의 표정이 급격히 어두워졌다. 그녀는 잠시 생각을 하더니, 이내 심각한 얼굴로 말했다.

"지금 당장 오라버니와 각 기사단장들을 불러주세요. 아무래도 대책 회의를 해야만 할 것 같아요."

"네, 알겠습니다."

네빌 집사가 고개를 끄덕이고는 밖으로 나갔다. 아이린은 다시 한 번 서신의 내용을 확인했다. 읽고 또 읽어봐도 똑같은 내용이었다.

"왜? 왜 갑자기 우리를?"

아이린은 이해할 수가 없었다. 세금도 꼬박꼬박 내고, 아무 짓도 하지 않았는데 어째서 공격을 하려 하는지 그 이유를 알지 못하였다.

"아아……."

순간, 아이린은 현기증이 일었다.

그녀는 재빨리 옆에 있는 책상을 손으로 짚었다.

"아니야, 정신 차려야 해. 그이가 올 때까지는 어떻게 해서든지 이 상황을 넘겨야 해."

아이린은 정신을 차리려고 두어 번 머리를 흔들었다. 그러고는 잠시 생각을 하더니, 곧바로 책상으로 돌아가 펜을 들었다. 빈 종이를 가져와 그곳에 뭔가를 빠르게 적기 시작했다.

3

어둠이 내려앉은 집무실에는 아이린을 비롯해 아크, 네빌 집사, 베일 제1기사단장, 알렌 제2기사단장이 함께하고 있었다.

이들이 모인 이유는 마론 왕국과 하버트 왕국이 공격을 준비하고 있다는 내용의 서신 때문이었다. 아니, 벌써 병력이 모여 이곳으로 출진 중이라는 보고가 올라왔다.

얼마나 은밀하게 준비를 했는지, 병사들이 출진하고 나서야 보고가 올라온 것이었다.

"어떻게 하죠?"

아이린이 걱정스런 눈으로 물었다. 그러나 누구 하나 속시원한 답변을 쉽게 꺼내지 못하였다.

"그보다 왜인지, 그 이유가 무엇인지는 알아보셨어요?"

그러자 네빌 집사가 입을 열었다.

"아무래도 불안했던 것 같습니다."

"불안? 무슨 불안?"

아크가 고개를 들며 물었다.

"저희 영지가 워낙에 발전을 거듭하니 이러다가 주변 영지들을 하나둘 흡수해 독립적인 왕국을 건설할까 봐 겁을 먹어 그런 것 같다고 합니다."

"에에? 고작 그런 이유입니까?"

베일 제1기사단장은 어이가 없다는 듯 소리쳤다. 아크와 알렌도 마찬가지였다.

"세상에, 꼬투리 잡을 것이 없어서 그런 것으로 전쟁을 벌여?"

아크가 자리에서 벌떡 일어났다.

"내가 직접 나서서 처리하겠어."

"마론 왕국이라면 가능하지만, 하버트 왕국까지 가세했습니다. 아크 님 혼자서는 무리입니다."

"그럼 어떻게 해? 이대로 당하잔 말인가?"

아크가 버럭 소리를 질렀다.

"아니요. 다른 방법을 생각해 보자는 말이에요."

아이린이 아크를 달래며 말했다. 그러나 두 왕국을 상대로 뾰족한 방법은 없었다.

"이럴 때, 매제만 있었다면!"

아크가 말을 툭, 내뱉었다. 그러자 주위의 분위기가 싸늘해졌다. 아크도 자신이 말실수했다는 것을 깨닫고 헛기침을 했다.

"허험, 미안. 아이린."

"아니에요, 오라버니. 저도 그이가 무척이나 그리워요. 하지만 지금은 그이가 없어요. 저희가 이 난관을 헤쳐 나가야 돼요."

아이린의 말에 모두들 고개를 끄덕였다. 베일 제1기사단장이 말했다.

"에페로 자작령에 있는 기사와 병사 모두를 동원하겠습니다."

곧바로 알렌 제2기사단장이 말했다.

"이곳 제이크 백작령에서도 기사와 병사들을 모두 동원하겠습니다."

"그래도 10만 대군을 상대하기에는……."

그랬다. 무리가 따랐다. 두 영지의 병사를 합쳐도 고작

5만이 다였다. 그것도 지난 10년간 꾸준히 훈련시키고 징병을 한 결과였다.

"그럼 어떻게 하죠?"

아이린의 말에 다시 한 번 긴 침묵이 흘렀다. 그러기를 잠깐. 긴 침묵을 깨는 소리가 있었다.

쾅!

집무실 문이 벌컥, 열리며 누군가가 들어왔다.

"여보! 아이린! 나 왔어!"

"에엥?"

"여보?"

"제이크 님!"

"제이크 님!"

"매제!"

갑자스런 제이크의 등장에 모두들 깜짝 놀라는 눈치였다. 그들은 혹여 자신들이 잘못 보았는지 눈을 비비며 다시 확인해 보았다.

그곳에 떡하니 제이크가 서 있었다. 거짓이 아니었다. 진짜였다. 지금 집무실 문 앞에 서 있는 사내는 진짜 제이크였다.

거의 10년 만에 집에 돌아온 것이다. 제이크는 환한 얼굴로 입을 열었다.

"아이린, 나 돌아왔어."

그러자 아이린의 눈에 눈물이 맺혔다. 그녀는 자리에서 벌떡 일어나 제이크 품에 안겼다.

손에 느껴지는 이 감촉, 따뜻한 가슴, 그리고 그의 체취.

진짜 제이크가 확실했다.

"왜 이제야 오셨어요. 제가 얼마나 기다렸는데……. 흐흑."

아이린은 제이크 품에 안겨 울음을 터뜨렸다. 제이크는 그 자리에 우뚝 서서 가만히 있었다. 그녀가 다 울 때까지 말이다.

그러는 사이 집무실로 하나둘 검은 옷을 입은 사내들이 들어섰다. 모두들 낯선 얼굴들이었다. 그중 선두에 있던 사내가 퉁명스럽게 말했다.

"여기가 군단장님의 영지입니까?"

"그렇다."

"에이, 너무 코딱지만 한데요?"

"그러게, 여기가 뭐가 그리 좋아서 그리도 돌아오고 싶어 했습니까?"

"내 말이……."

"마계가 훨씬 나은데요?"

그들은 저마다 투덜거리며 말을 하였다. 그러자 뒤에 있던 누군가가 그들의 뒤통수를 냅다 후려쳤다.

딱! 따따따따딱!

"아얏!"

"어떤 새끼야!"

"내 뒤통수 때린 새끼, 죽여 버린다!"

"이 새끼, 안 튀어나와!"

그들은 인상을 잔뜩 찡그리며 소리쳤다. 그러자 익숙한 목소리가 들려왔다.

"닥쳐, 이 새끼들아!"

"감히 도련님의 영지를 모욕해!"

나타난 그들은 바로 필과 폴이었다. 두 사람이 나타나자 열두 명의 사내는 언제 그랬냐는 듯 입을 다물었다. 모두 필과 폴의 눈치를 살살 살피는 것 같았다.

제이크 품에 있던 아이린도 울음을 멈추고 그들을 보았다. 그때, 아크가 다가오며 말했다. 그의 얼굴은 매우 심각한 상태였다.

"매제, 이들은 누구입니까?"

"아, 이 녀석들?"

제이크가 히죽 웃으며 말했다.

"아, 내가 군단장 자리 때려치운다고 하니까 마왕이 친위대를 붙여주지 뭐야? 떼어놓고 오자니 시간이 걸릴 것 같아서 일단 데려오긴 했는데……."

제이크가 말을 하면서 슬쩍 주위를 둘러보았다. 모두의 표정이 심상치 않았다. 분위기마저 무겁다는 것을 느끼고 제이크가 조용히 물었다.

"근데 다들 얼굴 표정이 왜 그렇게 무거워? 무슨 일이야?"

그 말에 아이린이 박수를 쳤다.

"아, 맞다! 마침 잘 왔어요."

"잉?"

아이린은 언제 울었냐는 듯 환한 미소로 대답했다. 그러고는 뒤를 돌아보며 말했다.

"다들, 그렇죠?"

아이린의 말에 모두들 공감하는 듯 고개를 끄덕였다. 그들의 얼굴에 어둠이 걷히고 밝게 빛이 나기 시작하였다.

그리고 며칠 후, 제이크 백작가에 하나의 낭보가 전해졌다. 그것은 엄청난 소식이었다.

하버트 왕국군 10만 괴멸!

마론 왕국군 10만 괴멸!

이 모든 것이 단 하루 만에 벌어진 일이었다.

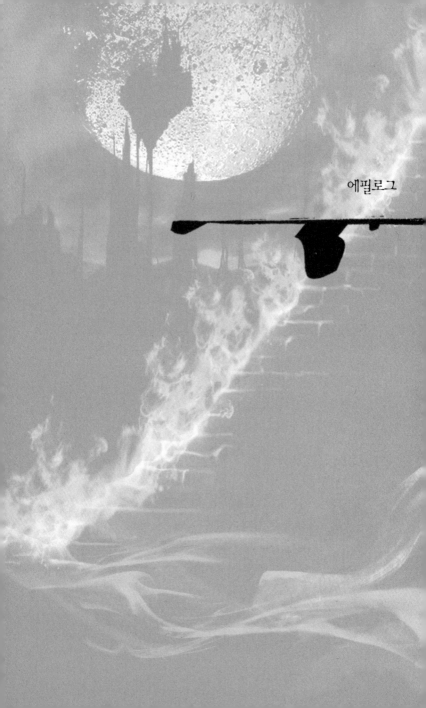

에필로그

따뜻한 햇살이 가득한 정원 한곳에 아이린과 제이크, 그리고 쌍둥이 안나와 도니가 있었다. 그들은 정말 행복한 가족이었다.

"하하하하!"

"호호호호."

정원에서는 웃음이 떠나지 않았다. 제이크도 오랜만에 느껴보는 따스함에 절로 기분이 좋아졌다. 그리고 10년 만에 만난 안나와 도니는 눈에 넣어도 아프지 않을 자식이었다.

"나 잡아봐라."

"너, 진짜 잡히면 죽어."

"호호호, 내가 잡힐 것 같아?"

"이씨, 진짜 죽었어!"

안나와 도니는 만날 저런 식으로 놀았다. 그 모습이 어찌나 귀여운지 제이크가 사랑스런 눈길로 바라보았다.

"안나, 도니. 다치지 않게 조심해서 놀아라."

"네, 아빠."

"걱정 말아요."

두 아이는 그렇게 말을 하고는 주변을 뛰어다니며 신나게 놀았다. 제이크는 멀어지는 아이들을 바라보았다. 그때, 아이린이 살며시 어깨에 머리를 기댔다.

"당신, 정말 안 가봐도 돼요?"

"어딜?"

"어디긴 어디예요. 마계죠."

"아항!"

아이린의 물음에 제이크는 피식 웃으며 말했다.

"응, 때려치웠다니까."

그 말에 아이린이 머리를 들어 제이크를 쳐다보았다.

"아니, 그게 때려치운다고 때려치울 수 있는 거예요?"

"후후후, 나는 그래. 원래 마계 시간이 여기보다 열 배 느리게 가거든."

"아, 그래요?"

아이린이 깜짝 놀라며 물었다.

"그렇다니까. 아무튼 마왕이 나보고 200년 채우면 소원을 들어주겠다고 했거든. 그래서 200년을 채웠지."

"세상에, 정말 200년이나 근무를 한 거예요?"

"정말이라니까. 그래서 200년을 딱 채우고 마왕에게 소원을 말했지. 나 군단장 때려치운다고 말이야."

"호호호, 정말요?"

"그래. 그런데 아무래도 마왕이 예상 못한 소원이라 살짝 당황한 거야."

"그래요? 마왕도 당황을 해요?"

"그럼. 그런데 딱 보니 소원을 들어주지 않을 모양이더라고. 그래서 그 옆에 있는 마왕 아들에게 눈짓을 보냈지."

아이린은 제이크가 하는 말에 집중하였다.

"사실 마왕 아들이 내 밑에서 수련을 받았거든."

"그럼 마왕 아들이 당신의 제자가 되는 거네요?"

"그렇지. 어쨌든 그래서 마왕 아들이 냉큼 그렇게 하라고 한 거야. 그러면서 마계의 마왕이 한입으로 두말하지는 않는 거라면서 따지니까, 아무 말도 못하는 거지."

"호호호, 마왕께서 아주 뿔따구가 났겠어요."

"킥킥킥, 뭐, 그렇지."

"그러고요? 계속 얘기해 줘요."

"그러고 나서 어떻게 되었냐면……."

제이크는 그동안 마계에서 있은 일을 하나하나 이야기를 해주었다. 아이린은 제이크가 하는 이야기에 푹 빠져 시간 가는 줄을 몰랐다.

하지만 제이크가 모르는 사실이 하나 있었다. 한 번 마계 군단장이면 영원한 군단장이라는 사실을 말이다. 그리고 마왕이 부르면 제이크를 데려올 수 있다는 사실도 말이다.

물론 제이크는 강하게 거부하겠지만……

그렇다고 해서 제이크의 몸속에 흐르는 피의 운명은 거스를 수가 없었다.

그렇게 다시 5년의 시간이 흘러갔다.

"아, 진짜 공부는 내 적성에 안 맞아."

"도련님, 그래도 공부는 하셔야 합니다."

"싫어, 싫다고!"

"그럼 마님께 보고하는 수밖에 없습니다."

"에잇, 맘대로 해!"

도니는 소리치며 공부방을 뛰쳐나갔다. 그러고는 복도를 따라 힘차게 내달렸다

"아이씨, 공부가 싫은 걸 나보고 어떻게 하라는 거야? 난 공부보다는 검술 수련하는 게 더 좋은데."

도니는 시무룩한 얼굴로 뛰어갔다. 그렇게 뛰어가던 도니가 어느 순간 걸음을 멈추었다.

"응?"

도니는 이상한 느낌을 받고 고개를 돌렸다.

"저곳은?"

도니가 바라본 곳은 바로 아버지 제이크가 검술 수련을 하는, 지하 연무장으로 내려가는 계단이었다. 그런데 그곳에서 뭔가 이상한 느낌이 들었다.

"아버지 허락 없이는 지하 연무장에 갈 수 없는데……."

도니는 지하 연무장 앞에 서서 갈등했다.

아버지와의 약속이냐, 아니면 강한 끌림과 호기심이냐.

하지만 도니는 이제 고작 열다섯 살이었다. 아버지와의 약속보다는 호기심이 우선이었다.

"에이, 나도 몰라!"

도니는 지하 연무장으로 내려가는 문을 열었다. 그러고는 냉큼 그 안으로 들어갔다.

도니는 넓은 연무장을 보며 눈이 휘둥그레졌다.

"이야, 여기 좋다. 이런 좋은 연무장을 아버지 혼자 사용하다니. 치사해!"

도니는 입술을 삐죽이며 연무장을 확인했다. 그런데 한쪽 구석에 번쩍이는 무언가가 있었다. 도니는 자신도 모르게 그곳으로 이끌리듯 다가갔다. 마치 자석처럼 말이다.

"어? 이건……."

도니가 도착한 곳에는 붉은빛이 감도는 갑옷이 하나 있

었다. 그 갑옷을 발견한 순간, 도니의 눈이 흐릿해졌다.

"이야, 멋있다!"

도니는 저도 모르게 천천히 손을 뻗었다. 갑옷에 손을 대자 강한 빛이 도니를 감쌌다.

파아앗—!

그 순간, 도니의 귓가로 음산한 목소리가 들려왔다.

〈어서 와라, 주인!〉

〈『헬 나이츠』完〉